失格紋の
最強賢者19
～世界最強の賢者が更に
強くなるために転生しました～
著 進行諸島
ill. 風花風花

敵の本拠地である『母船』に向かうため
宇宙へと飛び立ったマティアスたち。
眼下には彼らの住む星が広がっていた——。

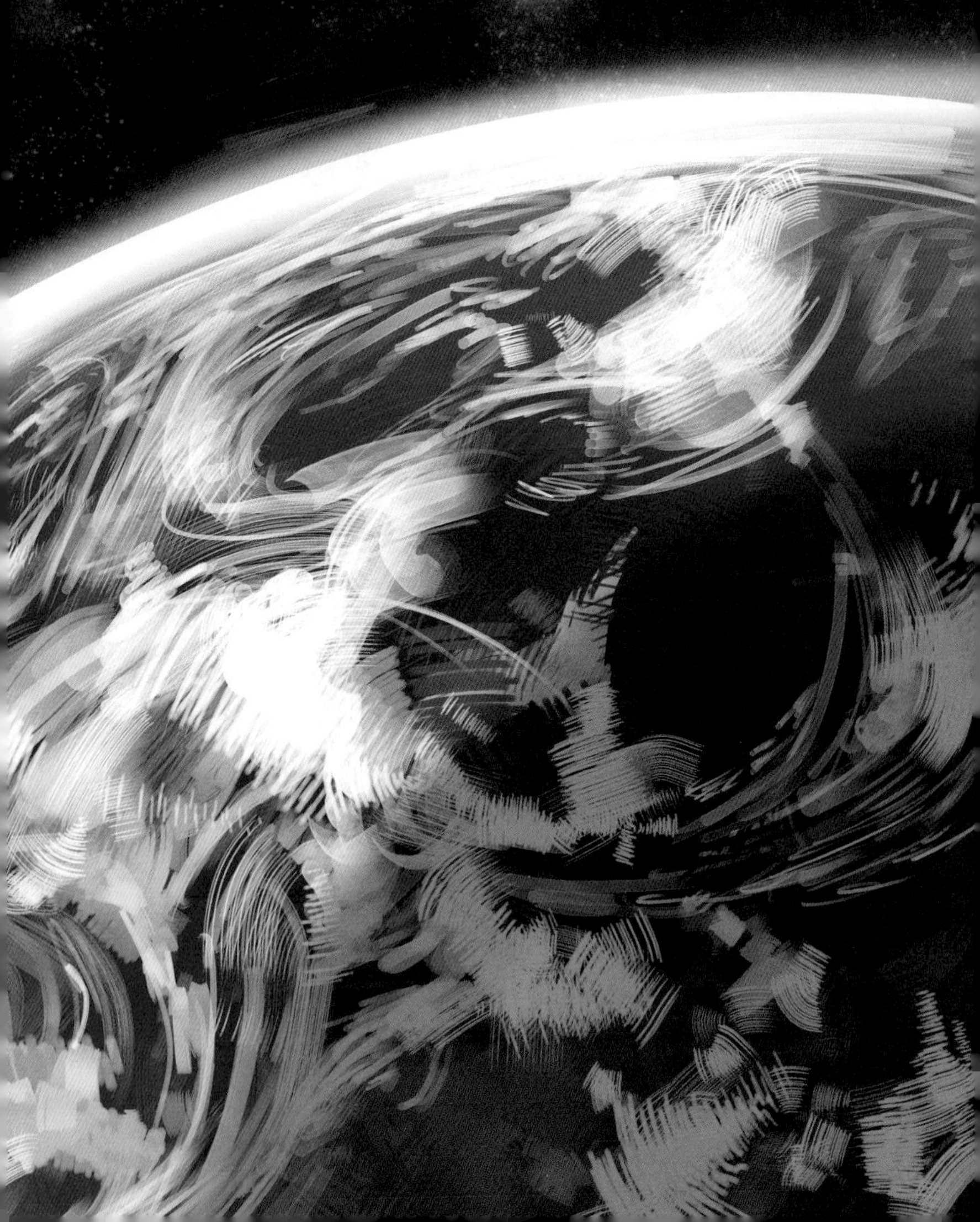

ボク達の星って本当に丸いんだ……
綺麗ですね……

Contents

失格紋の最強賢者
〜世界最強の賢者が更に強くなるために転生しました〜

Shikkakumon no Saikyokenja

失格紋の最強賢者

～世界最強の賢者が更に強くなるために転生しました～

Shikkakumon no
Saikyokenja

しっかくもんのさいきょうけんじゃ

19

Story by Shinkoshoto
Illustration by Kazabana Huuka

Shikkakumon no Saikyokenja

character

アルマ
=レプシウス

親に結婚相手を決められるのが嫌でルリイとともに王立第二学園に入学した少女。「第二紋」の持ち主で、弓を使うのが得意。

ルリイ
=アーベントロート

王立第二学園に入学するためアルマと一緒に旅してきた少女。魔法が得意で魔法付与師を目指している「第一紋」の持ち主。

マティアス
=ヒルデスハイマー

古代の魔法使いガイアスの転生体。圧倒的な力を持つが常識には疎い。魔法の衰退が魔族の陰謀であることを見抜き、戦いを始める。

グレヴィル

古代の国王。現世に復活し無詠唱魔法を普及すべく動く。一度はマティアスと激突するが目的が同じと知り王立第二学園の教師となる。

ギルアス

三度の飯より戦闘が好きなSランク冒険者。マティアスに一度敗れたが、その後も鍛錬を続けて勝負を挑んでくる。

イリス

強大な力を持つ暗黒竜の少女。マティアスの前世・ガイアスと浅からぬ縁があり、今回も（脅されて？）マティアスと行動を共にする。

エイス
=グライア四世

マティアスたちが暮らすエイス王国の国王。マティアスの才を見抜き、様々なことで便宜を図りながらエイス王国を治める実力者。

エデュアルト

王立第二学園の校長。尋常でないマティアスの能力に驚き、その根幹となる無詠唱魔法を学園の生徒たちに普及すべく尽力する。

ガイアス

古代の魔法使い。すでに世界最強であったにも関わらず、さらなる力を求めて転生した。彼は一体どこを目指しているのか……。

ビフゲル
=ヒルデスハイマー

いろいろと残念なマティアスの兄。己の力を過信してマティアスのことを見くびっては、ドツボにはまる。

紋章辞典 Shikkakumon no Saikyokenja

◆第一紋《栄光紋》えいこうもん

ガイアス（転生前のマティアス）に刻まれていた紋章で、生産系に特化したスキルを持つ。武具の生産だけではなく、食料に関する魔法や魔物を避ける魔法など、冒険において不可欠な魔法にも長けているため、サポート役として戦闘パーティーにも重宝される。初期状態では戦闘系魔法の使い手としても最強の能力を誇るが、その後の成長率や成長限界が低いため、鍛錬した他の紋章の持ち主には遥か及ばない（ガイアスを除く）。ガイアスのいた世界では８歳を過ぎる頃には他の紋章に追いつかれ、成人する頃には戦力外になっていたが、現在の世界（マティアスの転生先の世界）では魔法レベルが前世の８歳児よりも低いため、依然として最強の紋章として扱われていて、持ち主も優遇されている。

第一紋を保有する主要キャラ：ルリイ、ガイアス（前世マティアス）、ビフゲル

◆第二紋《常魔紋》じょうまもん

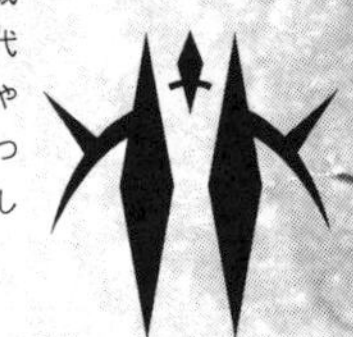

威力特化型の紋章で、初期こそ特筆すべき点のない紋章だが、鍛錬すると使役する魔法の威力が際限なく上がっていくため、非常に高火力の魔法が放てるようになる。ただ、威力が高い代わりに、魔法を連射する能力はあまり上昇しない。弓などに魔法を乗せて撃つことで、貫通力や威力をさらに上げることができる。他の紋章でも同じことは可能だが、射程距離や連射速度について、第二紋の持ち主には遠く及ばない。現在の世界においては、持ち主はごく普通の人物として扱われている。

第二紋を保有する主要キャラ：アルマ、レイク

◆第三紋《小魔紋》しょうまもん

連射特化型の紋章で、初期状態では威力の低い魔法を放つことしかできないが、鍛えることで魔法の威力と連射能力が上がり、一気に畳みかける必要がある掃討戦などにおいて高い力を発揮することができるようになる。現在の世界では紋章の種類によって連射能力の変わらない詠唱魔法を使うことが主流になっているため、その特性を正当に評価されず、第四紋《失格紋》ほどではないが、持ち主は冷遇されている。第二紋の持ち主のように弓に魔法を乗せることも可能だが、弓に矢をつがえて撃つまでに掛かる時間が魔法が発動するより長いため、実用性はやや低め。

第三紋を保有する主要キャラ：カストル

◆第四紋《失格紋》しっかくもん

近距離特化型の紋章で、魔法の作用する範囲が極めて短いため、基本的に遠距離で戦うには不向き（不可能）だが、近距離戦においては第二紋《常魔紋》のような威力と第三紋《小魔紋》のような連射性能、魔法発動の速さを兼ね備えた最強火力となる。ただ、その恩恵にあずかるには敵に近づく必要があり、近接戦を覚悟しなければならないため、剣術と魔法が併用できる必要がある。最も扱うことが難しい紋章。

第四紋を保有する主要キャラ：マティアス

第一章

Chapter 1

Shikkakumon no Saikyokenja

「空気中の魔力の扱い方は分かったみたいだな。せっかくだから、威力を上げられるだけ上げてみるといい」

無尽蔵の魔力を得たルリイとアルマに、俺はそう告げる。

「了解！」

「分かりました！」

アルマとルリイの言葉とともに、ドラゴンの周囲の炎が強まる。

赤かった炎は、温度が上がりすぎて青くなっているようだ。

だが……その炎はどこか不安定な感じだ。

特にルリイの炎の色は、たまに青から赤に戻ったりしている。

まあ、ルリイの第一紋は攻撃魔法にはあまり向いていないので、この距離で炎を維持できているだけ上出来といったところだろう。

二人が魔法に使っている魔力は、普段なら10秒ほどで体内の全魔力を使い果たすほどの量だ。

いくら制御がしやすい魔法だとは言っても、ここまでの量の魔力をいきなり扱うには、かなり苦労するはずだ。

しかし、大量の魔力を扱う経験があると、魔力の扱いは上達しやすい。

今回の『理外の術』の環境は、いい練習場所だな。

「ギュオオオオォォォオ！」

ドラゴンは炎に焼かれ、身をよじりながらもこちらへ向かってくる。

普通のドラゴンなら1秒ともたずに致命傷になるレベルの炎なのだが……ドラゴンが倒れる様子はないな。

「あのドラゴン、頑丈ですね……！」

「魔力が大量にあるから、体が傷ついてもすぐに修復できるんだろう」

ダメージを受けていないというよりは……傷ついた体を、即座に修復しているような感じだ。

無尽蔵の魔力は、ドラゴンにとっても助けになっているようだな。

「イリスは敵からの距離を維持するように飛んでくれ。しばらくはこの距離でドラゴンを焼いてみたい」

「了解です！　……マティアスさんは、攻撃しないんですか？」

腰を下ろした俺に、イリスがそう尋ねる。

俺がドラゴンに攻撃をする様子がないのが気になったようだ。

いくら魔力が空間に満ちているとは言っても、遠距離での魔力制御に向かない失格紋では、まともな攻撃魔法は届かないのだが。

「俺の攻撃魔法はこの距離じゃ届かないからな。……それに、せっかく頑丈な的があるんだ。

魔法練習の相手になってもらおう」

「……あのドラゴン、練習用の的なんですね……」

「ああ。なかなか壊れないから使い勝手がいいぞ」

実戦形式で、動く的に魔法を撃ち続けられる機会というのは、あまり多くない。

頑張って魔物の多い場所を探しても、狩り尽くすと的がいなくなってしまうからだ。

その点、自己修復してずっと持ちこたえてくれる魔物が相手というのは、ありがたいな。

「ワタシ、マティアスさんが敵じゃなくてよかったです」

大昔に聞いた覚えのあるセリフを、イリスが呟いた。

前世の時代にも、イリスは同じことを言っていたな。

ちなみに当時、俺と敵対したドラゴン……つまり全ドラゴンの90％以上は、俺の手で滅ぼされた。

その中には、当時のイリスよりはるかに強いドラゴンも含まれている。

あの頃イリスが俺の敵に回ることを選んでいたら、彼女はここにはいなかっただろう。

とはいえ、今ここにいるドラゴンは、イリスとはだいぶ違う種類の生物だ。

魔力災害から生まれた魔物のほとんどは、体だけが急速に形成されるため、基本的にほとんど知能を持たない。

見た目こそドラゴンだが、実際には偽物のドラゴンと言っていいだろうな。

使える魔法も、魔力回路自体に刻み込まれた『竜の息吹』くらいだろう。

敵は先程から何度か『竜の息吹』を使おうとしているようだが、俺が片っ端から術式を壊しているので、一度も発動には成功していない。

つまり、あまり裏をかかれる心配はせず、安心して的にできるというわけだ。

もちろん、油断をするつもりはないのだが。

「そろそろ魔力の扱いには慣れた感じだから、弓矢を使ってみるか」

俺はアルマに、そう告げる。

いくら第二紋が遠距離での魔力制御に向いているとは言っても、あの距離で直接的に魔法を発動するのは、あまり効率がよくない。

やはり弓を使ってこそ、アルマ本来の力が発揮できるというわけだ。

「やってみる！　……でも、エンチャント魔法って、あんまり魔力を使わないよね？」

そう言ってアルマは、考え込み始める。

アルマの言う通り、矢の威力を上げるエンチャント魔法は、あまり大量の魔力を消費しない。

矢は武器としては軽く小さいので、魔力量というよりは、魔力圧縮技術が問われるのだ。

だが、例外もある。

弓で戦う魔法使いにとって、最も基本的で使用頻度の高い魔法——有線誘導エンチャントだ。

「とりあえず、『有線誘導エンチャント』で、矢を全力加速させてみればいいんじゃないか」

「あっ、そっか！　いくら速くても、今は関係ないんだ！」

そう言ってアルマが、弓に矢をつがえる。

『有線誘導エンチャント』は、矢の速度を上げることもできるのだが、その力はあまり使わないのが基本とされている。

それは矢の速度を上げすぎると、なにかと魔力効率が悪くなりがちだからだ。

矢が速くなりすぎると空気抵抗が増えるし、速い矢の制御には大量の魔力が必要になる。

速度を保つだけでも魔力消費に苦労することがあるので、『有線誘導エンチャント』を使う場合でも、矢の速度は段々と落ちていく状態にすることも多いのだ。

だからこそ弓使いは、最初から速い矢を射るために、強い弓を使う。


だが魔力がいくらでもあるなら話は別だ。

最初からずっと矢を加速させ続ければ……燃費はともかく、威力は上がるし、避(よ)けられにくくもなる。

投入する魔力に見合う効果かと言われると、普通はそうではないが……今回は、魔力を気にせず有線誘導エンチャントを試せるいい機会だろう。

弓使いを極めていくと、いずれは大量の魔力を確保して極超音速の矢を射るようなことにもなる。

その時に向けて、感覚を知っておいてもらいたいところもある。

だからこそ、俺はイリスに、魔法を使うには少し遠すぎるくらいの距離を維持してもらうよう頼んだのだ。

「よーし、くらえ！」

そう言ってアルマが矢を放つと……矢はぐんぐん加速していく。
矢はあっという間に音速を超え、衝撃波を放ちながらさらに加速し……ドラゴンと俺達の中間地点あたりで、突然消滅した。

「……あれ？　なくなっちゃった」

アルマがそう言って首をかしげる。
……予想通りの結果になったな。
本当にこういった矢を使わなければならない時のために、一度は経験しておくべきことだ。

「ボク、木の矢と間違えたかな……？」

そう言ってアルマが、矢をもう1本手に取る。
アルマが使っているのは、鋼鉄(こうてつ)でできた重い矢だ。

木の矢では普段のアルマの力にも耐えられないことが多いので、特にエンチャントなどが必要ない時にも、アルマは鉄の矢を使っている。

アルマが放った2本目の矢も、やはり空中で消えてしまった。

だが、アルマは原因に気付いたようだ。

「なんか、燃えちゃった感じ……?」

「ああ。矢に限らず、ものはあまりに速く飛ぶと高熱に晒されるんだ。隕石とかが燃え尽きるのと同じ感じだな」

「……確かに、隕石みたいな速さになってたかも……」

速く飛ぶ物体は、周囲の空気が圧縮されたり、空気との摩擦だったりといった理由で加熱されることになる。

あまりにも速いと、矢が自分で自分を燃やしてしまうことになるのだ。

まあ、先程の矢が消えたのは、燃えたというよりは蒸発したといったほうが近い気がするが。

もちろん、対策もいくつか存在する。

最も基本的なのは……。

「つまり、耐熱の付与をかければいいんですね！」

ルリイが正解を言ってくれた。

魔力効率などの面では、もっといい方法もいくつかあるのだが、今回はそれで問題ないだろう。

「ああ。耐熱の付与で大丈夫だ。……魔石の魔力量だと耐え切れないはずだから、直接付与を維持してくれ」

「分かりました！」

そう言ってルリイが、矢に耐熱魔法を付与する。

魔石を使わない直接付与にはいくつかの方法があるが、最も高出力なのは、術者が魔力を使って付与を維持し続けるというものだ。

普段だと距離や消費魔力のせいで扱いにくい手だが、今は関係ない。

「アルマ、これを使ってください！」

「ありがとう！」

そう言ってアルマが、矢を放つ。

矢は飛びながらぐんぐん加速し……赤熱しながら、ドラゴンの胴体に直撃した。

轟音とともにドラゴンの体が砕け散り、バラバラになって吹き飛んでいく。

「た、たった一撃で……！」

「威力を上げる魔法は、何も付与してないのに！」

矢の威力を見て、ルリイとアルマが驚きの声を上げる。

あまりに高速の矢というのは、ただ衝突するだけでこれだけの破壊をもたらすものなのだ。

……この矢を加速させるために、アルマは自分の魔力が１００回は空っぽになるほどの魔力を消費しているので、あまり効率はよくないが。

などと考えていると、砕けた破片が集まって、ドラゴンが再生し始めた。

どうやら、今回の練習用の的は、ずいぶんと頑丈らしい。

「あれでも復活するの⁉」

30秒と経たずに完全復活したドラゴンを見て、アルマが驚きの声を上げる。

あれだけバラバラになっていても即座に復活するのは、やはり空間の魔力が理由だろうな。

「アルマ、もう1回やりましょう！」

ルリイはそう言って、もう1本の矢を用意し始める。

せっかく頑丈な相手で魔法を練習できる機会なのだから、それを活かすのはいいことだな。

「了解！　……でも、さっきの威力じゃ復活するみたい！」

どうやらアルマは、ドラゴンが復活した原因を、矢の威力不足だと考えているようだ。

だが、あのドラゴンは、ただ威力を上げれば倒せるというものではない。

体を再生できる魔物が相手の場合、再生できない部位を攻撃するというのがセオリーだ。

魔力災害から生まれた魔物なら、核となる魔石は再生しない事が多い。

周囲の空間にいくら魔力があっても、それが集まる核がなければ、再生は起きないのだ。

「心臓を正確に狙（ねら）うといいぞ。魔石は復活しないから、心臓に入ってる魔石を壊せば倒せるはずだ」

「やってみる！　……ルリイ、さっきより大きい矢をちょうだい！」

どうやらアルマは心臓を狙うだけではなく、矢自体の威力を上げることに決めたようだ。

いくら魔力が無限にあるとは言っても、あまりに大威力の魔法を使うと、魔力回路にも結構な負荷がかかるのだが……まあ、二人なら怪我（けが）はしないだろう。

「何倍くらいの重さにしますか？」

「10倍くらい！」

「分かりました！」

そう言ってルリイは矢を10本まとめて加工魔法で鋳潰（いつぶ）し、大きな矢を作り上げた。

いきなり10倍は飛ばしすぎな気がするが……まあ、これもいい経験だな。

「できました！」

「よーし、行くよ！」


そう言ってアルマが、巨大な矢を放つ。

矢は凄まじい速度でドラゴンに向かって飛んでいき……ちょうど心臓があるあたりに直撃した。

ドラゴンの体は矢の威力で爆散し、粉々になって飛び散っていく。


「うーっ……魔力回路が熱い……！」

「私もです……！　ちょっと手が痺れてきました……」

どうやら、大量の魔力制御の反動が響いているようだな。

魔力回路が損傷するレベルではなさそうだが、魔力回路に違和感を覚えるくらいには負荷がかかっていそうだ。


などと考えていると、飛び散ったドラゴンの破片の一つが、急速に膨らみ始めた。

ほかのパーツが集まる様子はないが……魔石さえあれば、周囲の魔力から復活できるようだ。

「魔石が残ってたみたいだな」

「ちゃんと心臓を射抜いたつもりだったんだけど……壊れなかったってこと⁉」

「ああ。ドラゴン自身の体がクッションになって、魔石を守ったのかもしれない」


巨大な再生型魔物の厄介なところは、まさにここだ。

弱点を直接攻撃しようとしても、その大きな体自体が守りとなって、弱点に攻撃の威力を集中させるのが難しい。

特に今回の場合、アルマは威力を上げるために矢を大きくしたので、余計に威力は分散しやすかっただろう。


「ルリイ、今の矢をもう1発いける？」

「は、はい……！　でも、アルマは大丈夫ですか⁉」

「1発くらいなら何とか……」

そう言ってアルマが、次の矢をつがえようとする。

だが、俺はそれを制した。

「ちょっと待ってくれ。とどめを刺す準備をしてからやってほしい」

魔力回路に負荷がかかるのは、悪いことではない。

むしろ、制御能力が鍛えられている証と言っていいだろう。

だが……あまりに大きい負荷がかかると、回復するのに時間がかかる可能性がある。

あまりに多くの魔力を扱うのは、龍脈に接続するのと同じようなリスクがあるのだ。

もちろん、ここの魔力は龍脈に比べるとはるかに綺麗で質がいいので、簡単にはそこまでのダメージを負わずに済む。

それでも……全力で加速させた矢を放つのは、あと1回が限度だろうな。

「了解！　……どうしたらいい？」

「俺が光魔法で合図をしたら、矢を射ってくれ」

俺はそう言ってイリスの背中から飛び降り、飛行魔法を発動する。

こんな高度で飛行魔法を使えば、普段なら大量の魔力を消費することになるが、今は関係ない。

ほとんど音速にも近い速度で、俺はドラゴンに向かって距離を詰めていく。

「やっぱりデカいな……！」


近くで見ると、このドラゴンはイリスより二回りも大きい。

魔石に直接攻撃をしようと思うと、体表から5メートルは掘り進む必要があるだろうな。

『理外の剣』であればドラゴンや魔石の硬さ自体は問題にならないが、剣がどんなによく斬れるとしても、届かなければ意味がないのだ。

だから、まずは手が届くところまで、魔石を露出させる必要がある。


俺は周囲の魔力を操作し、強力な光魔法を発動した。

すると……イリスのいる場所から、赤い光がこちらへと向かってくるのが見えた。

凄まじい速度で飛び、赤熱する矢だ。


矢に間違って当たらないよう、俺は軌道を読んで回避しながら、さらにドラゴンとの距離を詰める。

ちょうど俺がドラゴンの目の前にたどり着いたタイミングで、矢はドラゴンに激突した。

俺が防御魔法を発動すると、砕け散ったドラゴンの破片が、次々に結界へぶつかってきた。

その破片は生物の体というよりも、魔法金属の結晶のようだ。

魔力災害産の魔物は、生物の体と作りが違うことも多いが……ここまで極端な例は初めて見たな。


などと考えつつ俺は、砕け散った破片の中から魔石を見つけ出し、飛行魔法で加速する。

その魔石の周囲は、段々と魔法金属のようなもの——ドラゴンの体に覆われ始めていた。

俺は『理外の剣』を抜き、魔石を一突きする。

すると魔石は真っ二つに割れ、ドラゴンの再生は止まった。

さらに周囲にあったドラゴンの破片も、空気に溶けるようにして魔力へと戻っていく。


「……ここまで純粋な魔力生物は、久しぶりに見たかもしれないな」


俺はそう呟いて、魔石を持ったままイリスのほうへと飛び始めた。

自然界では普通、こうも純度が高い魔力生物が生まれることはない。

前世の時代ではこういったものも見たことがあるが、厳密に制御された実験施設の中だけだ。

第二章

それから数分後。

俺たちは地上に戻り、ミョルたちと合流していた。


「食べるとこ、なくなっちゃいました……」


イリスはあたりを見回し、悲しげにそう呟く。

どうやら彼女は、倒したドラゴンを食べるつもりだったようだ。

……共食いがどうとか以前に、あんな金属みたいなものはいくらイリスでも食べられないような気がするが。


「……ま、マホウというのは、あそこまで凄まじいものであるか……？」

「彼女が放っていた、あの赤い光は何であるか？　まるで戦術攻撃法術がごとき威力と速度であったが……」

ミョル隊長たちは、魔法戦闘を見て驚いているようだ。

まあ、『理外の術』――彼女が言う『法術』と比べて魔法を侮っていたということだろうが……魔力量さえ無限にあれば、あのくらいのことはできるのだ。

もっとも、時間操作や死者蘇生や無尽蔵の魔力生成といった、『理外の術』によってしかできないこともあるのだが。

「魔力さえ潤沢にあれば、あのくらいは戦えるぞ」

「……まさか魔法星の人々が、ここまで強き者たちであったとは……」

「もしや、我々が来る必要はあらざるか？」

俺の言葉を聞いて、ミョルたちがそう話し始める。

……少なくとも、あのドラゴンの討伐に関しては、彼女らの手は必要なかったな。

とはいえ彼女が来たことに意味がないかというと……また話が別だ。

彼らの同族……侵略派とかいう連中は、この星にミロクだの『理外結晶』だのといったものを送り込み、多くの災害や事件をもたらしてくれた。

ちゃんと丁重に、お返しをする必要があるだろう。

「いや、来てくれて助かった。……要はその侵略派という連中が、この事件を起こしたんだろう？」

「そうである！　我々はその暴挙を止めにきた……！」

「だったら話が早い。そいつらがどこにいるのかを教えてくれ」

俺たちの星に侵略をしかけてきている相手の場所は、今も魔法で解析をしている。

だが、そこから来た本人たちが協力してくれるなら話が早い。

場所を教えてもらえばいいだけなのだから。

「まさか、母船に乗り込むつもりであるか？」

「ああ。侵略派の親玉がいる場所を教えてくれれば、倒しに行けるだろう？」

「無茶である。いくら諸君らのマホウが強力であろうとも……倒せる相手ではない」

先程の魔法戦闘を見た上でこう言うということは、やはり敵は強いのだろうな。

まあ、ミロクの背後にいたのがその親玉であるとすれば、強いのは当然だろう。

彼らが使った『理外の術』は、ミョル達とは比べものにならない力を持っていた。

一人の手下にあれだけの力を与えられるくらいなのだから、本人はそれよりさらに上の力を持っているのだろう。


とはいえ、絶望的とまでは言えない。

『理外の術』は強力な力ではあるが、魔法と比べると使い道の柔軟さには欠ける印象だ。

うまくその弱点が活きる戦いに持ち込めれば、勝てる可能性は十分にある。


さらに言えば、俺たちが『理外の術』についてよく知らないのと同様、敵もまた魔法についてはよく知らない可能性が高い。

つまり、対策を立てられる前に決着をつけてしまえばいいというわけだ。

などと考えていると、ミョルが口を開く。


「倒すとか倒さぬとか、そういった次元の話ではない。侵略派の親玉は……母船自体なのだ」

どうやら俺たちの敵は、彼らが乗っている宇宙船らしい。

正直なところ、驚くには値しないな。

ミロクの時点で、今回の敵が手下を使役するタイプの生物であることは分かっていた。

恐らくミョルたちもミロクと同様、その『母船』とやらの手下だったのだろう。

その一部が『母船』に反旗を翻し、俺達の側についてくれたというわけだ。


「……船自体が、生きてるってこと？」

「その通りである。母船そのものが生物であり、最大の法力を持つ我らが主なのだ。ゆえに我らはそれを母なる船、『母船』と呼ぶ」

「ミョル達が使ってる法力も、その母船からもらったってことか」

「ほとんどはそうである。我らも生まれつき、ほんのわずかな法力は持っているが……その量では生命維持にすら足らぬゆえ、『母船』の施しがなくば生きてゆけぬ」


生命すら維持できないのか……。

とはいえ人間も、魔力が一切ない場所に長くとどまれば、いずれは生命維持に必要な魔力すら使い果たして死んでしまう。

そういった意味では、人間もミョル達も、あまり変わらないかもしれないな。

「要するに……我々は法力を餌に母船に飼われる、家畜のようなものであるな」

「か、家畜って……」

「母船の言うがままにほかの星を侵略する者など、家畜と呼ばれて当然であろう。……我らはもう、家畜は引退したがな」


ひどい言い草に引いている様子のアルマに、ミョルが当然のような顔で答える。

生命維持に必要な『母船』から離れてここまで来たというだけあって、『侵略派』には色々と思うところがあるのだろう。


「ちなみにその母船は、自分で動いたり戦ったりするのか？」

「自ら戦うところは、ほとんど見たことがないが……小惑星にぶつかりそうになった際、それを自ら撃破なされたことはあったぞ」

「どうやって撃破したんだ？」

「一種の戦略法術……大規模な攻撃マホウみたいなものだと思ってくれ。その熱で小惑星を蒸発せしめたのだ。直径30キロ以上ある小惑星だぞ」

直径30キロを超える岩の塊を、一撃で蒸発させるのか。

単純な攻撃力では、前世の俺でもまったく歯が立ちそうにないな。

持っている力の総量は、文字通り桁違いなのだろう。

「どうだ、勝てぬ相手だと理解したか」

「敵の攻撃力が高いのは分かったが、倒せないかはまた別問題だな」

デカくて力を持っているだけの化け物が相手の戦いは、今までにも何度も経験がある。

今の体になってからの魔族との戦いは、ほとんどそういった感じだったしな。

それに……もう一つ、敵がそこまで無敵ではないと考えるに足る理由がある。

敵がこの星に直接攻め込まず、安全なところからミロクや『理外結晶』を送り込んできたことだ。

もし敵が本当に無敵で、この星を簡単に滅ぼせるだけの力を持っているなら、とっくにそうしているはずだ。

こんな回りくどい方法で『星食い』を実現しようとしていること自体が、『自分は無敵ではありません』と宣言しているに等しいのだ。

「……まだ我らにも見せていない、さらに強力なマホウがあるということか？」

「まあ、そんなところだ。……だから母船討伐を試してみたいんだが、構わないか？」

「もし可能なら、ぜひお頼み申す。我らにできる協力は惜しまぬ」

どうやら協力してくれるみたいだな。

倒す方法は、実物を見てから考えたいところだな。

そう考えていると、ルリイが口を開いた。

「さっき、『母船』の施しがないと生きていけないって言ってましたよね？……じゃあ私達が『母船』を倒したら、ミョルさんみたいに、わたしたちに味方してくれる人たちも死んじゃうんですか？」

どうやら先程の話で、ミョル達の命を心配したようだ。

船の中には『侵略派』ではない者もいるようだが、そういった者も戦いに巻き込まれる可能性がある。

そう考えると、心配になるのも無理はないだろう。

ミョル達は、魔力を除けばとても人間に似ているので、魔物を倒すより抵抗感もあるだろうしな。

魔族や昔のドラゴン（ごく一部、イリスのような例外を除く）のように人間を殺すつもりで来てくれれば、気軽に全滅させられるのだが。

「心配に感謝する。だが気にせぬよ。当然の報いといったところだ」

ルリイの言葉に、ミョルはそう答えた。

母船に反逆した時点で、もう彼女は覚悟を決めていたのだろう。

「母船に戻る方法は用意してるのか？」

「ござらぬ。我々がここへ参るのに使った小型船は、落ちてくる途中で燃えてしまった。ゆえに我々は、ただ死を待つばかりの身だ。……もとより覚悟の上よ」

なかなか覚悟が決まっているようだ。

母船を裏切り、この星まで降りてくるだけのことはあるな。

だが……まだ死ぬと決まったわけではない。

『理外の術』は魔力と違い、その保有者を倒せば『理外結晶』が残ることが多いのだ。

力の量が少なかったりすると、空気中に拡散してしまうこともあるようだが……『母船』が持っている力の量であれば、結晶が残る可能性は極めて高いだろう。

「母船を倒して力を奪おう。そうすれば助かる」

「……非現実的な提案としか思えぬな」

ミョルは俺の言葉に、そう答える。

だがその直後、彼女は楽しそうに笑った。

「だが、どうせ捨てた命だ。ぜひ協力をお頼み申す」

どうやら作戦は決まったようだ。

ミョルたちの母船に乗り込み、母船を倒し、力を奪い取る……シンプルで分かりやすい作戦だな。

作戦としては大雑把すぎるような気もしないではないが、そもそも相手が持つ力が正確に分かっていないのだから、細かすぎる作戦を立てても失敗するだけだ。

それよりは、最初から予想外の事態が起こることを前提として、高度の柔軟性を維持しつつ臨機応変に戦ったほうがいいだろう。

宇宙空間越しに相手を撃ち抜くほどの出力の魔法が使えない以上、とりあえず敵のいるところまでたどり着かなければ、どうせ敵は倒せないのだからな。

「分かった。じゃあ早速、母船の場所を教えてくれ」

「……申し訳ない、我らにはもう、母船の場所が分からぬ。……『法力結晶』を目印に飛んできただけゆえ、どのようなルートを飛んだかは記録しておらぬのだ」

最初のところでつまずいてしまった。

まあ、なんとなくの予想はついていたが。

宇宙空間には目印になるようなものが少ないため、どこかの星の近くにいるとかでもない限り、場所がとても分かりにくいのだ。

「どこか、近くに星はあったか？」

「いや、ほとんど何もない空間であったな。……たまに小惑星が近付いてくるくらいである」


小惑星では目印にならないな。

見つけるのも難しいし、そもそも一箇所に留まるようなものではない。

下手をすると、母船に近付きすぎた結果、蒸発させられてしまうかもしれないしな。


「距離は分かるか？」

「それなら分かるのである！　光の速さにて、501・2秒の距離と聞いたが……」

「……思ったより近いな」


敵の位置に関しては、すでにそれなりのデータが揃（そろ）っている。

距離が分かったので、あとは簡単に場所を割り出せるだろう。

などと考えていると……アルマが口を開いた。


「光の速さって……意識したことなかったけど、すっごく速いんだよね？」

「光は1秒に30万キロくらい進むから……501秒だと1・5億キロくらいだな」

俺はそう答えつつ、通信魔法を発動する。

魔力がいくらでもあるので、大出力の通信魔法も使い放題だ。


通信魔法の対象は、敵の場所を計算している魔導具。

あの魔導具に距離を入力すれば、計算はあっという間に終わるはずだ。

データが一つ増えると、敵の場所を割り出すのに必要な計算量は劇的に減るからな。


「1・5億キロって……ボク達の足で、どのくらいの時間がかかるの？」

「地面がないから走れないが……時速100キロで走るとして150万時間。170年くらいか」


光にとっては10分足らずの距離でも、人間にとってはかなりの距離だ。

今の世界だと、そもそも光が移動するのに時間がかかること自体を知らない人もいるかもしれない。

少なくとも第二学園では、光の速度なんて習わなかったしな。

「……移動してる間に、おばあちゃんになっちゃうよ！」

「おばあちゃんになるっていうか、寿命で死んじゃいますね……」

距離を聞いて、ルリイとアルマは心配をし始めた。

イリスは無反応というか……そもそも170年が長いという感覚はないような気がする。

「ミョル達は、どのくらいの時間で来たの？」

今の話で、アルマは彼女らがどれほどの時間をかけてここにきたのかが気になったようだ。

俺の予想では、そこまでの時間はかかっていないような気がするが……。

「母船を出てから20日くらいであるな！」

やはりそんなものか。

前世の時代にも魔法宇宙船は何度か設計したことがあるが、1・5億キロ程度であれば、速いものなら1日とかからずたどり着ける距離だ。

まあ、熾星霊が見つかったときに備えて設計したはいいものの、結局当時は現実的な距離に熾星霊が見つかることはなかったので、あの魔法宇宙船は飛び立つことすらなかったのだが。

「そ、そんなに速いの⁉」

「宇宙には障害物も空気抵抗もなきゆえ、信じられぬほどの速度を出すことができるのである。……500光秒など、宇宙では近所と言っていいであろうな」

ミヨルの言葉に、アルマとルリイが訝しげな目を向ける。

彼女が適当なことを言っているのか、本当のことを言っているのか判断がついていない様子だ。

そんな中、俺は収納魔法から紙を取り出し、転写魔法で設計図を焼き付ける。

会話をしながら考えていた設計図だ。

「ルリイ、これを作ってほしい」

俺はそう言って、ルリイに設計図を手渡す。

その設計図は一見、船のような形をしている。

だが……よく見てみると船に似ているのは外観だけで、中身はまったくの別物なのだが。

「これ……まさか、魔法宇宙船の設計図ですか⁉」

「ああ。今からこれを作って、『母船』に乗り込む」


そう話している間に、俺は魔法解析機からの通信魔法を受け取っていた。

どうやら、もう敵がいる場所は分かったようだ。

あまりに遠いので、実際に行ってみないことには場所が合っているかは確認できないが……

この魔法宇宙船ができれば、調査はそう難しくないだろう。


「どうだ、作れそうか？」

「ざ、材料さえあれば難しくはなさそうです……！　でも、このあたりの魔導具とか、すっごく効率が悪そうに見えますけど……」


そう言ってルリイが、宇宙船に組み込まれた移動魔法を指す。

その移動魔法は、俺たちが普段使っているものに比べて、１０００倍以上も多くの魔力を消費する代物だ。

宇宙空間では通常の移動魔法が機能しないので、仕方がないといえば仕方がないのだが、たしかにもったいなく感じる気持ちは分かる。

だがその問題は、敵が解決してくれた。

「魔力効率は最悪そのものだな。だが……これを積むなら問題ないさ」

俺はそう言って、地面に落ちている『理外結晶』を指す。

この魔力災害の原因となった『理外結晶』は、今も膨大な量の魔力を生み出し続けている。

これを積むだけで、魔力の問題はすべて解決してしまうというわけだ。

ちなみに、魔法宇宙船が、水上を進む船のような形をしているのも、本来は無駄が多い。

宇宙空間に出る際の魔力効率を考えれば、円筒形にすべきだろう。

「この『理外結晶』、そのまま積んでいくんだね……」

「こんな便利なもの、使わないともったいないからな。……一応、途中で『理外結晶』を放り出すことも想定してるぞ」

俺はそう言って、設計図の接合部分を指す。

『理外結晶』を格納する部分は他の場所と独立させて、いつでも切り離せるようにしてあるのだ。

今のところ、この『理外結晶』は非常に便利だし、魔力災害に巻き込まれない距離まで入ってしまえば害もないのだが……いつまでも無害だとは限らないからな。

魔法理論では挙動が分からない『理外結晶』が相手なので、この程度の対策は取る必要があるだろう。

「……途中でこれを捨てちゃったら、魔力が足りなくならない？」

「そうなったときのために、宇宙に出てから使う魔導具は節約仕様だぞ。魔力効率がひどいのは、宇宙に出るときだけだ」

「言われてみると、加速用魔導具以外はすごく繊細ですね……」

もちろん、途中で『理外結晶』を切り離す可能性を想定するため、加速部以外は効率化してある。

無尽蔵の魔力を使えるうちは好き勝手使って、途中でこれを切り離すことになれば、その後は節約というわけだ。

俺たちの星の重力さえ振り切ってしまえば、その場で『理外結晶』を切り離しても、敵のいるところまではたどり着ける仕様だ。

「この『法力結晶』は、そんなに危なきものではないと思うぞ。役に立つのであれば、捨てる必要はあらざる」

「そうだといいんだが……ミョル達は『法力』を探知する力を持ってるか？」

「うむ。小さきものだと分からぬが、大きな法力なら見つけるのは簡単であるぞ」

やっぱりそうだよな。

俺たちが魔力を探知できるのと同様、敵は法力を探知できる。

どのくらいの距離で気付かれるかは分からないが……ある程度まで敵に近付いた段階で『法力結晶』を捨てなければ、自分の位置を知らせているも同然だ。

もし気付かれないなら、いくらでも魔力が使えてありがたいのだが……。

「これを積んで『母船』に近付いたら、気付かれるよな？」

「まず確実に気付かれるであろうな。ここまで見事な『法力結晶』は中々あらざるぞ」

「隠す方法はあるか？」

「あらざるな。こんな巨大な力は隠せぬ」

まあ、そうだよな。

この膨大な量の魔力を生み出し続けるほどの力を、簡単に隠せるとは思えない。

敵の力の大きさを考えると、堂々と正面から殴り込むのは自殺行為でしかないので、途中で『法力結晶』を捨てて場所を分かりにくくする必要があるのだ。


「だから捨てるんだ。小惑星を蒸発させるほどの力で焼かれたくはないからな」

「確かに、賢明な判断であるな。母船の探知能力までは考えておらなんだ。……我々はマリョクを探知できざるから、コレさえなければ気付かれないかもしれぬ」


そう言ってミョルが頷く。

やはりこれを捨てれば、気付かれずに潜入できる可能性は高いようだ。


「……ちなみにミョル達は、自分の法力を隠せるのか？」


今の会話で気になって、俺はミョルにそう尋ねた。

できれば道案内として彼女らも連れていきたいところなのだが、場合によってはここで留守番をしてもらったほうがいいかもしれない。

「多少は隠せるであるぞ。だが、恐らく必要はござらぬ」

「そうなのか？」

「うむ。我らが母船から逃げるときも、法力は特に隠さなんだが……気付かれた様子はあらざるよ。母船は我らがごとき小さき者の動きには気付かぬというのが定説であるな」


どうやら、ミヨル達に留守番をしてもらう必要はないようだ。

道案内くらいは頼めそうだな。


「すごい力を持っている割には、探知能力は鈍いんでしょうか……？」

「いや、逆に力を持っているからこそ、小さな生き物に気付く必要がないんだろう。……まして自分の中にたくさん住んでいる生き物なんて、いちいち意識してたら疲れるだろうしな」

「言われてみれば……『母船』ってことは、たくさん住んでるんだもんね」

「うむ。『母船』には今も、３０００万人を超える同族がいると聞くぞ。昔は3億いたそうだが……『母船』の力が落ちてから、ずいぶん減ってしまったようだな」

3000万か。

それだけの数がいる生き物の個体認識など、確かに不可能だろうな。

『母船』から見た人間は、人間から見たアリなどより、さらに小さい生き物なのだろう。

「もしかして、イリスはドラゴンの姿だと、小さい生き物には気付かなかったりするの？」

「美味しくなさそうなやつだと、近くにいても気付かないです！　……美味しければ、小さくても分かります！」

「あ、食べ物基準なんだね……」

イリスは食べ物が相手なら、小さい相手にも気付くようだ。

このあたりは、生物として必要な能力などによって、進化の方向が違うのだろうな。

大量の食料を必要とするドラゴンは、食べ物を見つけるのに向いた感覚器官を持っているというわけだ。

「とりあえず、設計はこれでよさそうですね！　……材料はどうしましょう？　流石に収納魔法の量じゃ足りませんよね……？」

ルリイの言う通り、手持ちの材料では足りない。

この魔法宇宙船は魔法金属を極力使わず、鉄などの比較的入手しやすい金属を主体として設計してあるが……それでも大量に入手しようと思えば、どこかの街に戻る必要があるだろう。

だが、今この状況で、街に引き返すわけにはいかない。

『理外結晶』の周囲は平和そのものだが、あの黒い壁を過ぎた先は、魔力災害の真っ最中なのだ。

この魔力災害は国一つを壊滅に近い状態まで追い込み、今も被害を生み出し続けている。

1日でも早く『理外結晶』をこの星から放り出す必要があるだろう。

それに……単純に、ここまでの道のりをもう一往復したくはない。

弱くて数ばかり多い魔物との戦いなんて楽しくないし、それが単なる材料運びの目的だとしたら、なおさら退屈だろう。

というわけで、材料は収納魔法に入るものと、ここで入手可能なものだけで足りるように設計したのだ。


「材料は……ここにある」

俺はそう言って地面に手を当て、周囲にある大量の魔力を押し込む。

そして、中に含まれる金属成分を無理やり引っ張り出すと……目の前の地面の上に、小さな金属塊が現れた。


「これが鉄、これが軽銀だ。魔法金属はできるだけ使わないで済むように作ったから、これがあれば何とかなる」

「……迷宮の壁から金属が取れるのは知ってたけど……ただの地面にも、金属が入ってるの⁉」

「ああ。一応は入ってるぞ。……精錬には非現実的な量の魔力が必要になるから、普通は使わないけどな」


俺はそう言って数歩歩き、また地面に手を当てて金属を取り出す。

この精錬作業は1回ごとにイリスの『竜の息吹』を消費する上に、手に入る金属は数キログラムでしかない。

だが、今の状況であれば、それは問題にならないだろう。

「俺の紋章だと加工は難しいから、精錬以外は任せていいか？」

「は……はい！　頑張ります！」

こうして俺たちは、魔法宇宙船を作り始めた。

まさか魔物の大発生の調査に来たはずが、いきなり敵の本拠地に乗り込むことになるとは思ってもいなかったが……こんなに便利な結晶を置いていってくれたのだから、お礼をしに行かないのも失礼というものだろう。

それから数時間後。

俺は必要な量の金属を用意し終わって、ルリイの作業を眺めていた。

できるだけ作りやすいように設計をしたとはいえ、魔法宇宙船は極めて複雑で大規模な乗り物だ。

ルリイの腕なら失敗はしないだろうが、単純に作業量が多いので、5日くらいはかかるだろう。

それまでは、ここで野宿をする必要があるというわけだ。

「そろそろ食事の準備をするか」

俺ができる作業は終わったので、俺はそう告げた。

すると……イリスではなく、ミヨルが食いついてきた。

「食事⁉」

どうやら彼女らも空腹だったようだ。

だが、ミョルはその一言で、口を閉じてしまった。

……彼女らは食料を持っていないので、俺たちの食料が欲しいとも言いにくかったのかもしれない。

「もし食事を用意していないなら、ミョル達の分も用意するぞ」

「あ、ありがたく……ありがたく存ずる！　我々『母船』を出てから何も食べておらざったゆえ……」

……20日かかったって言ってたよな……？

どうやら彼女らの船は、食事すら積んでいなかったらしい。

もし俺たちのパーティーで同じことをしたら……流石に死にはしないだろうが、途中でイリスが暴動を起こすかもしれないな。

などと考えたところで、俺は違和感に気付いた。

食事と聞いて真っ先に反応するはずのイリスが、なぜか静かなのだ。

イリスのほうを見ると……そこには山のように積まれた魔物の肉と、いじけた様子のイリスがいた。

魔物の肉はどれもこんがり焼けているが……イリスのものと思しき歯型がついたまま放置されている。

「……ここの魔物、美味しくないです……」

どうやらイリスは、ここの魔力災害の魔物をそのまま食べようとしたらしい。

だが、ここまで高濃度の魔力災害から生まれた魔物は、決して食べて美味しいものではない……というか、人間がかじろうとしたら歯が折れるような代物だ。

体全体が魔法金属のようだったドラゴンは流石に別格だが、基本的にはアレに近い……味もなければただ硬いだけの、イリスですら食べないようなものだと考えていい。

「マティ君、非常用に食べ物を用意してるって言ってたよね……？」

「ああ。収納魔法に入ってるな」

俺の言葉を聞いて、イリスの顔が明るくなった。

だが俺は、イリスに残念なニュースを伝えなければならない。

「非常用食料は量が少ないから、今は現地調達でいく」

収納魔法に入っている食料は最低限の量でしかない。

あまり沢山の荷物を収納魔法に入れると、魔力の上限が下がってしまうので、できるだけ量は減らしているのだ。

イリスがこれを食べ始めると、3日分にもならないだろう。

魔法宇宙船の建造だけで5日はかかるのだから、まず絶対に足りない。

「それと、宇宙に持っていく食料もここで調達したい。収納魔法に入ってる量だけだと足りない可能性が高いからな」

俺の言葉を聞いて、イリスは呆然(ぼうぜん)とした顔になる。

しばらく呆然とした後……イリスはふと思いついたように口を開いた。

「マティアスさんは、この地獄を知らないから言えるんです！　これ食べてみてください！　こんなの人間の食べ物じゃないです！」

そう言ってイリスが、歯型がつけたまま捨ててあった肉の一つを持ってきた。

断面は光沢のある緑色で、とても食べ物とは思えない。

「確かに……これは食えないな」

俺はそう言って、小さなハンマーで肉を叩く。

キンキン、という甲高い金属音とともに、手に衝撃が伝わってくる。

恐らくこの肉……下手な鋼鉄よりは硬いな。

工具としてなら、なかなか優秀だろう。

……これに歯型をつけられるのは驚きだが、流石に噛み切って飲み込もうとは思わなかったようだな。

「まあ、魔力は沢山あるから、魔物も作ればいい。魔力災害の状態を調整すれば、食べやすい魔物を作れるはずだ」

俺の言葉を聞いて、アルマとルリイが顔を見合わせる。

どうかしたのだろうか。

「魔力から魔物を作るって……なんか、聞いたことある気がするけど……」

「カビルア・ペイズですね。魔法史の教科書に書いてありました」

……記憶にない名前だな。

俺も第二学園にいたはずなのだが、魔法史の授業はデタラメだらけなので、あまり真面目(まじめ)には受けていなかった。

魔法理論的に矛盾がある内容が多かったので、恐らく国だか魔族だかが自分たちの都合のいいように歪(ゆが)めた歴史だしな。

「……その人、どうなったんだっけ？」

「天才魔法使いとして有名だったみたいですけど……飢饉のときに魔石から魔物を作ろうとして、魔物の大発生事件を起こした人ですね」

「あっ……そんな感じだった気がする！　結局死んじゃったんだっけ？」

「遺体は見つかってないはずですけど、出てきた魔物に食べられたんじゃないかって先生は言ってました。……二人も一緒に受けた授業だと思いますけど……」


……俺も受けていた授業だったようだ。

よく覚えているものだな。


「聞いてたかもしれないけど、覚えてるかどうかは別！」

「授業には出てたが、真面目に聞いてはいなかった気がするな」


どうやら今の世界でも、魔力災害を利用して食料を確保しようとする者がいたようだ。

特殊魔力エンチャントによる魔力災害などであれば、食べられる魔物も出てくるので、非常食としては悪くない手段だからな。

まあ、出てきた魔物を安全に倒し切れるだけの戦力を用意していないと、そのカビルアさんみたいに返り討ちにあい、自分が魔物の食料になってしまうだけなのだが。

しかし詠唱魔法に入っている安全対策を突破して魔力災害を起こすとは、なかなか気合の入った魔法使いだ。

もしその話が本当だとしたら、生まれた時代次第では活躍できたかもしれない。


などと考えつつ俺は、ルリイから少し離れた場所に移動する。

あまり近い場所でやると、作業の邪魔になってしまうからな。


「アルマ、このあたりに１辺１００メートルくらいの結界を張ってくれ」

「了解！」


俺の言葉を聞いて、アルマが結界魔法を発動する。

自分で結界魔法を使わないのは、俺の紋章は遠距離での魔力制御にあまり向かないので、１００メートルもの大きさだと端が弱くなってしまうからだ。

これだけ綺麗（きれい）な魔力が満ちた空間なら、発動自体はできるだろうが……これから魔力を汚すので、魔力が綺麗な前提の制御には頼りたくない。

「イリス、これから魔物が一気に出てくるから、気をつけて倒してくれ。……食べれる魔物だぞ」

「楽しみです！」


俺はイリスの言葉を聞いて、収納魔法から魔石を一つ取り出す。

今のところ、魔石は何の反応もしない。

こういった通常の魔物は、魔石から再生する力など持っていないからな。

だが、魔力から魔物を作り出すのは、そう難しくない。

俺が今までに何度も使っていた方法だ。


「特殊魔力エンチャント」


俺が魔法を発動すると、魔石が砕けた。

今まで何度も使ってきた、攻撃用の魔法だ。

この魔法は、魔石を砕いて取り出した魔力を剣に付与し、威力を上げるというものだ。

使用難易度が低い割に、極めて高い威力を実現できるので、攻撃魔法としてはよく使っていた。

だが、この魔法にはデメリットがある。
魔石——魔物の魔力の塊を砕く関係上、周囲の魔力がひどく汚れてしまうのだ。
普通の場所なら、だいたい3回使うと魔力災害が起こる可能性があると言われているな。

俺は剣に特殊魔力エンチャントを施し、素振りする。
特殊魔力エンチャントの魔力と魔素は、何の役目も果たすことなく周囲に撒き散らされた。

汚れた魔力の黒い煙が、風に乗るようにして流れていく。
『理外結晶』から湧き出す魔力の流れが、『特殊魔力エンチャント』によって汚れたのだ。

そして……黒い魔力がところどころで集まり、魔物が生まれ始めた。
どうやら、このくらい魔力が濃い場所だと、一度使うだけで魔物を生み出せてしまうようだ。

「この魔物……美味しいやつです！」

生み出された魔物は、このあたりで自然に起こっている魔力災害の魔物と比べて、はるかに格下だ。


『特殊魔力エンチャント』の魔力災害で生まれる魔物は、砕いた魔物の品質に強い影響を受ける。

砕いた魔石が、さほど強い魔物のものではなかったので、出てきた魔物も弱いというわけだ。


恐らくいま出てきている魔物は、すべて食べられるだろう。

少なくとも歯が折れるようなことはないし、多少味が劣るとしても、イリスが逃げ出すほどの味にはならないはずだ。

だがイリスの視線は、たくさんいる魔物のうち、たった一種類に注がれていた。


バルドラ・キャトル。

味のよさで有名な、平時であっても食べたい魔物だ。


そして生み出された魔物のうち最も多いのも、そのバルドラ・キャトルだった。

これは偶然ではない。

俺が先程『特殊魔力エンチャント』で砕いた魔石は、あの魔物から取れたものだったのだ。


「イリスはバルドラ・キャトル以外を頼む」

「な、何でですか⁉」

「この剣で斬ったほうが美味しいぞ」


俺はそう言って、次々に生み出されるバルドラ・キャトルを、『理外の剣』で倒していく。

この剣は魔物相手なら極めて切れ味がいい上に、一般的な力で切断するような剣と違って、断面に圧力をかけることがない。

血抜きに向いた血管をこの剣で正確に貫くことで、俺ができる限り最も美味しくバルドラ・キャトルを倒すことができるというわけだ。

もっとも、本職の肉屋に言わせれば、もっといい処理方法はあるのかもしれない。

前世の時代には、魔物や動物を最も美味しく処理するために、専用の魔法なども作られていた。ああいったものには程遠いはずだ。

だが冒険者が魔物を倒しながら行える処理としては、かなりマシなほうのはずだ。

「了解です！　キャトルには手を出さないです！」

味が変わると聞いて、イリスはやる気になったようだ。

イリスは次々と、バルドラ・キャトル以外の魔物を倒す。

……倒すとはいっても槍で吹き飛ばして血管にぶち当てるような感じなので、肉の処理としてはあまりいいとはいえないかもしれないが……まあ、バルドラ・キャトルだけでも十分すぎる量があるので、問題はないだろう。

「……結界を頑丈に作っておいてよかったよ……」

猛スピードで結界に激突する魔物を見ながら、アルマがそう呟く。

もはやアルマの結界にとって最悪の脅威は、魔物ではなくイリスの腕力のようだ。

などと考えていると……ミョルが口を開いた。

「その剣……なんともすさまじい法力を発しているようであるが、『法力結晶』であるか？」

「ああ。『法力結晶』を整形して、剣の中に封じ込めてある」

「初めて見るタイプの『法力結晶』であるが……どうやって入手したのであるか？」

どうやら彼女は、この剣に興味を持ったようだ。

魔法的には、魔力の歪(ゆが)みに詳しい人間でもないとただの剣にも見えるような、地味な代物なのだが……ミョルから見ると、凄(すさ)まじい力を秘めているのが分かるらしい。

「この『法力結晶』は、結晶に侵食された人間から単離したものだ。」

「……人間の体に溶け込んだ『法力結晶』を、もとに戻した……と？」

「ああ。まだ完全に混ざり切ってなかったから、引きはがすことができた」

ミョル向けに分かりやすく説明しているが、これは要するに半魔族化したレイタスの話だ。

完全に『理外結晶』と一体化したら、おそらく完全な魔族になり、もう戻すことはできなかったのだろうが……彼の状態なら何とかなった。

もしかすると、ミョルたちのような『法術』に詳しい人間なら、完全な魔族と化した後でも、結晶を分離できるかもしれない。

とはいえ、魔族は最初から魔族として生まれる者がほとんどで、人間が魔族になった例はあまりないと言われているので、そもそも取り出せるような『理外の術』を持っていない魔族がほとんどかもしれないが。

などと考えていると、ミョルが呆然と口を開いた。

「そんなことができるなど、聞いたことがない。……『法力結晶』を、取り出す……？」

「……『母船』では、そういう技術は使われてないのか？」

「いくつかの種類の『法力結晶』は、人間の体に触れれば溶け込むものである。だが逆はない。……ないはずなのだ」

どうやらミョル達がいた『母船』だと、人間の体から『理外結晶』を取り出せるという話はなかったようだ。

……『法術』に関しては、俺たちよりミョルたちのほうが詳しいはずなのだが。

俺たちは魔力の歪みを頑張って分析しなければ、そもそも『法力』があるかどうかすら感知できないような生物なのだし。

「もしかすると、ちゃんと混ざってなかったからかもしれない」

「体の中に入り、少しでも混ざった時点で、分離は能わず」

「俺たちとミョル達で、生物としての作りが違うから分離ができた可能性はあるか？」

「他の生物でも変わらぬ。『母船ネズミ』だろうと人間だろうと変わらぬのだ。ひとたび水と酒を混ぜ合わせたら最後、二度ともとには戻らぬのと同じ。……少なくとも我々はそう習ってきた」


どうやら絶対に無理だという話のようだ。

そう考えつつ俺は、理由の予想がつき始めていた。

「ちなみに……水と酒が混ざったあと、分離できるってことは知ってるか？」

「それも不可能であるな。混ぜたものはもとに戻らぬよ」


やはりか。


水と酒に関しては、分離する方法がいくつかある。

加工系の魔法を使うのが一番手っ取り早いが、方法によっては魔法すら必要ない。蒸留などと呼ばれる方法だ。

このあたりの知識は一般人でも知っているし、今の世界にも蒸留酒は存在する。

だが、ミョル達はそれすら知らないのだ。

全盛期には3億人もの人がいた『母船』で、酒の存在は知られているのに、誰（だれ）も蒸留は思いつかない……というのは、なかなか不自然な知識の偏り方に思える。

もし彼らが俺たちに比べて知能の低い生き物だとしたら、もちろん納得はいく。

しかし、いくつもの言語を操り、宇宙空間を飛んで正確にこの星に……しかも『理外結晶』の近くにたどり着けるような生物の知能が低いはずもないだろう。

となると……ミョル達は、かなり偏った教育を受けてきたのではないだろうか。


「ミョル、酒と水の話や『法術』の話は、どこで習ったんだ？」

「母船第５１２初期教育所であるな。我々が生活する上で必要な知識はすべて、そこで覚えたのである」


なるほど、その初期教育所とやらで教育が行われているわけか……。

名前からすると、同様の施設は最低でも５００箇所あるらしい。

そこで統一した教育を施すというわけだな。


もしかしたら『法力結晶』を取り出せるという話が知られていないのは、『母船』あるいはその住民の上層部が、その知識を広めないようにしているからかもしれない。

魔族たちもこの世界で似たようなことをしていた。

まあ、最初からそう決めつけるのもあまりよくない気はするが……相手はこの星に色々と災厄を持ち込んでくれた侵略者なので、善良な存在だと考えるのも希望的観測がすぎるというものだろう。


などと考えていると、ミョルが剣に視線を戻した。


「その剣、分解してみてもよいか？　中身が気になるのだ」

「作り直すのが大変だからダメだ」

「……残念である」


この剣はボドライト合金をはじめとして、なにかと貴重で加工が難しい材料が使われている。

その上、中身の『理外結晶』は、人間が触れれば魔族化するような代物だ。

普通の魔導具のように、気軽に分解してみるわけにはいかない。

「ちなみにこの剣、『母船』に持ち込んだら目立つか？」

「目立つであるな。生半可ではござらん目立ち方だ」

やはりそうなるか。

この剣は、『母船』では収納魔法に入れておく必要がありそうだな。

あまりやりたくはないが、仕方がなさそうだ。


「分かった。目立たないように隠しておくよ」

「……そんなことまでできるのか？」

「ああ。専用の収納魔法がある」

「『シュウノウマホウ』……便利なものであるな」


そう言ってミョルが、感嘆の声を漏らす。

ちなみに『理外の剣』は、通常の収納魔法には入らない。

収納魔法の魔力すら破壊してしまう剣なので、前世の時代に開発した特殊な収納魔法を少し改造して、ようやく収納が可能になった。

とはいえ……その専用収納魔法は最大魔力量の減少がかなり大きいので、できれば使いたくはないのだが。

「ちなみに、その『法力結晶』も『シュウノウマホウ』で何とかならぬのか？」

「これは無理だな。魔法的に見ると、あまりに存在が巨大すぎる」


この『理外結晶』を収納魔法に入れることは、もちろん考えた。

だが、これを収納魔法の中に入れると、魔法の中で魔力が溜まってしまい、シャレにならない規模の魔力災害が発生することになる。

それを防ごうとすれば収納魔法から魔力を排出し続ける必要があるが、結局は魔力を排出した場所で同じことが起こる。

多すぎる魔力というのは、逆に厄介なのだ。


そう考えつつ魔物を倒している間に、魔力災害が終わり、魔物の新規出現が止まった。

普通なら魔力災害は何時間も……周囲の条件次第では何ヶ月も続くものなのだが、あまりに強い魔力の流れのせいで、魔素が吹き飛ばされてしまったようだ。


「よし、食事の時間だ！」

「やった！」

こうして俺たちは、大量の食料を確保することに成功した。

これで当分、食料には困らなそうだ。

すべてを収納魔法に入れる気は起きないが……冷却魔法に使う魔力はいくらでもあるので、キンキンに冷やしておけば鮮度も落ちないだろう。

◇

その日の夜。

俺たちがいる場所には、建造途中の魔法宇宙船と……新築の家があった。

魔法宇宙船の完成までには、恐らく5日ほどかかる。

その間ずっと野宿というのも大変なので、家を建てたのだ。


「まあ、こんなもんか」


できあがった家を見て、俺はそう呟く。

この家は俺が、有り余る魔力にものを言わせて土などの成分を加工して作ったものだ。

失格紋はあまり加工魔法に向いていないのだが、家を建てるのであればミリ単位のズレなどは何とかできるので、あまり問題はなかった。

もちろんルリイが作ればもっといい家になっただろうが……魔法宇宙船を作る邪魔をするわけにはいかないからな。

これで安心して、ゆっくりと魔法宇宙船を建造できるというわけだ。

第四章

Shikkakumon no Saikyokenja

chapter 4

それから5日後。

「できました……！」

ルリイは最後の部品を加工魔法で接合し、そう告げた。

できあがったものの見た目は、ほとんど普通の船と変わらない。

木ではなく金属でできていて、切り離し可能な『理外結晶』格納部がついている以外は、まったく普通の船だ。

この船が海に浮いていても、別に違和感はないだろう。

「お疲れ様。いい船になったと思うぞ」

「ただの地面から、こんなのができちゃうなんて……！」

出来上がった部分に問題がないことは、すでに確認済みだ。

構造分析魔法などは紋章と関係なく使えるので、ルリイが作った部分は、片っ端からチェックしていたからな。

結局、一度のミスもなく、船は無事に出来上がったようだ。


ちなみに船の中で最も大きな割合を占めているのは、食料庫だったりする。

食料庫自体は、ただ温度を低く保てるように作られた部屋なのだが……イリスがいるので、必要な量が多くなる。

巨大な食料庫をバルドラ・キャトルで満載にするために、３回も魔力災害を起こす必要があった。


「さて、最後の仕上げだな」


俺はそう言って、『理外結晶』の入ったボドライト合金製のケースを、格納部に押し込む。

この『理外結晶』は触っても危険ではないような気もするが、下手に材料をケチって宇宙空間で事故が起こったりしたら目も当てられないので、魔法的に最も安定した物質を使ったというわけだ。

「これでいつでも飛べるぞ」

俺は『理外結晶』がケースの中で安定しているのを確認して、そう告げた。

魔法宇宙船の建造には、膨大な時間と資源が必要になると思っていたが……魔力の暴力とは恐ろしいものだ。

「わ、我らが30年以上もかけて建造した宇宙船とは比べものにならぬほど大きな船が、たった5日で……」

「この巨大な鉄の塊が、本当に飛ぶのであるか……？」

完成した魔法宇宙船を見て、ミョル達が驚きの声を上げる。

どうやら彼女らは、もっと小さい船で飛んできたようだな。

ミョルたちの船は着陸時に燃えてしまったという話だったが、どんな船だったかちょっと気になるところだ。

『母船』の住民たちの技術レベルなどが分かるかもしれないからな。


「そういえば、ミョル達の船はどうなったんだ？」

「ほとんど燃えてしまったが、形は残っているぞ。ここから10キロほどのところである」

「10キロ……ちょっと見に行ってみるか」

「宇宙人の船……気になる！」


周辺の魔力災害は、数こそ多いが個々の強さはさほどでもないため、大した障害にはならないだろう。

魔力はいくらでも補充できるので、気にする必要もない。


「案内を頼めるか？」

「了解である！」

◇

それから少し後。

俺たちはミョル達の宇宙船が落下した場所までやってきていた。

「このくらいなら、1時間はもちそう！」


宇宙船のまわりに結界を張ったアルマが、そう告げる。

効果範囲や魔法出力などを考えると、俺たちの中で最も結界魔法に向いているのはアルマだ。

魔力をふんだんに使えるとあって、この程度の魔物は1時間ほど防げるらしい。

調査には十分すぎる時間だろう。


「確かにひどく燃えてるみたいだが……魔物の影響はなさそうだな」

「うむ。魔物は我らにも我らの船にも、まるで興味を持たざるよ」


そう話しながら、俺たちは宇宙船の残骸を観察する。

ミョル達が乗ってきた宇宙船は確かにひどく焼け焦げ、一部は折れていたが……原形は残っている。

大きさは、俺たちが作った船の10分の1もなさそうだな。

俺はそんな宇宙船の端で、魔力が歪んでいるのを見つけた。

だが、その歪みはごくわずかで、近付かなければ気付けないようなものだ。

『理外の剣』などに比べれば、１００万分の1にも満たない強さだろう。


「これが移動用の『法術』か？」

「うむ。『母船』より下賜される『法力結晶』の配布の際、容器にごく微量に残る『法力結晶』を集めて作ったものだ。……20年ほどかけて集めたであるな」


この量で20年か。

どうやら『母船』でも、『法力結晶』はかなり貴重なもののようだ。


まあ、これがある程度貴重なものであることは、もともと予想がついていた。

そうでなければ今頃この世界はもっと『法力結晶』による災害で溢れていただろうからな。

逆に、この量だから『母船』の監視をすり抜けてここまで来れたのかもしれない。


などと考えつつ俺は、壊れた宇宙船の断面などを観察する。

材質は俺たちが使っているような鉄と変わらないようだ。

加工精度は……恐らく、あまりよくないな。

着陸の衝撃で歪んだという面もあるのだろうが、断面の部分に気泡のような跡がある。

断面以外も、着陸の衝撃とは関係のなさそうな歪みが多い。

加工魔法がどうとか以前に、手作業でも丁寧に作っていれば起きない現象だ。

宇宙船が割れたのも、気泡や歪みの部分に力が集中してしまったせいかもしれない。

まあ、折れたのは推進部と居住部のつなぎ目で、人が入っていたと思しき部分自体は無傷なので、ここの強度は重視しなかっただけという可能性もあるな。

結果として目的地にはたどり着けている以上、宇宙船全体としては成功したと考えていいはずだ。


「これは、法力を使って作ったのか？」

「いや、法力はごく選ばれし者だけに与えられる『生産法力』を除いて、もの作りには向かざる。普通に我がハンマーで叩いて作ったのである」

「なるほど、ミョルは宇宙船設計も経験があるのか」

「もの作りは未経験であったが……知り合いに鋳造所の人間がおったゆえ、色々と教えを乞うたぞ。廃材を分けてもらったりもした」


どうやら未経験だったようだ。

しかもこの宇宙船は、廃材を寄せ集めて作ったらしい。


「……頑張ったんだな」

「うむ、頑張ったのである！　……推進装置以外はただの鉄の部屋ゆえ、我でも何とかなった！」


言われてみると、船の中には焼け焦げた断熱材を除いては、生命維持装置なども見当たらないが……恐らく、法力と本人たちの生命力だけでなんとかしたということなのだろう。

よく無事にここまでたどり着けたものだな。

これで何とかなってしまうあたり、やはり法力もけっこう便利なのかもしれない。

「やはり、これでたどり着けたのは奇跡であるか……」

「乗り込んでから酸素が薄くなり始めた時には、死ぬかと思うたが……人間、酸素がなくとも生きていけるものであるな」

「食事もあらざったしな」


俺たちの会話を聞いて、ミョル以外の二人がしんみりと呟く。

どうやら彼らも苦労していた……というか決死の遠征だったようだ。

食事だけでなく、酸素すら積んでいないとは……もはや宇宙船というより、空飛ぶ棺桶と言ったほうが正確な表現かもしれない。

……人間は酸素なしでは生きられないと思うのだが、どうやら体の作りも違うようだ。

積み荷などはほとんど燃え尽きてしまったようで、灰や炭のようなものばかりだな。

まあ話を聞く限り、積み荷らしい積み荷は元々なかったような気もするが。

などと考えている途中で、俺は宇宙船の入り口付近に本が落ちているのに気付いた。

ミョル達の星の言葉で書かれているため、タイトルは読めないが……どうやら火災に巻き込まれずに済んだようだ。

「これは何だ？」

「ああ、それはマイルズ王国語の本であるな。着陸時には手に持っていたゆえ、消失を免れたようである」

マイルズ王国……俺が前世で一時期住んでいた国と同じ名前だな。

よく見てみると、確かに表紙の挿絵に、マイルズ王国語が書いてある。

「中身を見ていいか？」

「うむ。食事の代わり……と言っては安すぎるであろうが、欲しくば進ぜよう」

「……いや、十分すぎる対価だ」

俺はそう言いながら、本の中身をざっと確認する。

本の９割ほどは未知の言語で書かれているが、１割ほどは俺が知っているマイルズ王国の言葉だ。

前半部分はマイルズ王国語の単語と、短めの未知の文章があり、後半にはマイルズ王国語の文章と、長々とした未知の文章が書かれている。

おそらく前半で単語の解説をして、後半で実際に王国語の文章を読む……ということだろう。
この本の中身を解析すれば、彼らの言葉の内容も逆算できるというわけだ。

「ちなみに、『母船』では俺たちの言葉は知られてるのか？」

ミョルはやたらと多くの言語を扱えるようだが、もし言語習得が法術によるものだとしたら、こんな語学書などは必要ないだろう。
しかし侵略対象の世界の言葉なので、潜入作戦などのために教育が行われている可能性もある。
少なくとも、本が出版される程度には、王国語の知識を広めようとしている人がいるということだしな。

もし彼らの多くが俺たちの言葉を話せるなら、逆算できる範囲の語彙しか使えない言葉を使うより、こちらの言葉で話したほうがいいかもしれない。
法力がない時点で『母船』の人間ではないことはバレてしまうはずなので、取り繕っても仕方がないしな。

そう考えていたのだが……。

「一般人には、ほとんど知られていざるよ。そもそも魔法星に言語があることすら知らぬ者が大半のはずである」

「……言語を持たない野蛮人だと思われてるわけか……」

「残念ながらそうであるな。我らも初期教育所ではそう習ったゆえ、『導師』に真実を教わった際は驚愕したものである。……ミョ族こそ唯一絶対の、『母船』に言語を与えられし存在だというのが、初期教育所の教えであるゆえ」

どうやらこの様子だと、俺たちの言葉が通じる相手は、ほぼ『母船』の中では反逆者として扱われるような存在だけのようだ。

話の流れで、気になる名前が出たな。

「『導師』というのは、ミョル達のリーダーか何かか？」

「うむ。人々に真実を伝えるべく活動していた偉大な方であったが……法力テレビの乗っ取りに失敗し、処刑されてしもうたわ」

「……法力テレビ？」

「法力によって映像や音声を中継し、母艦の隅々に流す法力装置のことであるな。『母船』による嘘ばかりがバラまかれる忌々しき装置に、真実をバラまこうとし……そして失敗したのだ」

なるほど、映像転送魔法の一種か。

グレヴィルが復活当時、俺との戦いでわざと負けるところを中継するのに使った魔法と、原理的にはあまり変わらないな。

「その装置は、一般人にまで普及しているのか？」

「うむ。初期教育所を卒業すると全員に配られるゆえ、持っておらざる者のほうが珍しいな。……我のものは、この船を作るために鋳潰してしもうたが」

3000万人もいる人間全員に配るほど沢山あるのか……。

もしかしたら、映像中継に使いやすい効果を持った『法術』があるのかもしれないな。

空間系の法術などなら、相性がいいのかもしれない。

「その法力テレビ、どこで作られてるんだ？」

「それは極秘事項とされておる。我らも似たようなものを作って真実を広めるのに使おうと考えたのであるが……製造場所を探そうとしたエージェントは、みな消されてしまったのである」

残念ながら製法までは分からないようだ。

悪用を避けるためなのかもしれないが、確かに宣伝や洗脳の装置としては優秀そうだな。

……俺たちがそういうものを持っていたら、魔法教育や魔導具作りの工程などを流したりと、色々と有益な使い方もできそうな気がするが……残念ながら『母艦』では、そういった使い方はされていないようだ。


「じゃあ、ミョル達はいろんな言葉を自分で覚えたってこと……⁉」

「うむ。お望みであれば我等の使う『ミョ語』もお教えするが……いかがする？」

「え、遠慮しとく……」


どうやらアルマはミョ語を勉強するつもりはないようだ。

まあ、ミョルがいるなら通訳を頼めばいいので、問題はないだろう。

ただ……途中ではぐれたりする可能性などを考えると、一人くらいはミョ語が話せたほうがいいか。


「移動中に、ミョ語の発音を教えてくれ」

「承知したのである」


文法や単語は語学書の解析で分かるだろうが、発音まではそうもいかない。

前世の時代には、その言語が使われている街のあちこちに聴音魔法を仕込んで発音情報を集めていたが……失格紋ではそんな広範囲に聴音魔法を仕込めないし、ミョ語が使われている場所はあまりにも遠すぎる。

本人から習うのが一番いいだろう。


「……あの宇宙船って、どのくらいで『母船』につくんだっけ？」

「だいたい10日くらいだな。もし最後まで『法力結晶』を捨てずに済むなら5日で到着できる」

「つまり……たった10日で言葉を一つ覚えて、発音まで習得するつもりってこと……？」

「ああ。流石に現地の人々みたいな語彙は身につかないかもしれないが……ある程度通じる会話をするくらいなら、何とかなるだろう」


言葉を覚えるのには、コツがある。

文法のタイプ数などたかが知れているので、似たような言語をいくつか知っていれば、文法の部分はそれを当てはめられるのだ。

前世の時代も、最初の外国語を覚えるのには2ヶ月かかったが、最後のほうは30分でひと言語が習得できた。

他の星の言語となると、多少は違う点があるかもしれないが……『他の人になにかを伝えるために作られた道具』という意味では、俺たちの言葉もミョ語も変わらない。

道具の目的が同じである以上、道具自体の形もある程度は似るものだ。

ざっと見ただけでもミョ語の文法に近そうな言語はいくつか思い当たるし、10日もあれば習得はなんとかなるだろう。


「10日とは……鈍重そうな船であるのに、我らのものより速いのだな……」

「まあ、積んでる『法力結晶』の強さが全然違うからな。……最初の加速はあれに頼り切りだ」

そう話しながら俺は彼らの宇宙船を調べていたが、もう特に見るものはなさそうだ。

ミョルが言う通り、本当にただ色々な材料を鋳潰して作った金属製の棺桶に、『法力結晶』による推進装置をつけただけだからな。

金属の配合がところどころ違っているのも、色々な材料をまとめて鋳潰して、ちゃんと混ざり切っていなかった影響だろう。

鋳潰したときの温度が低かったのか、溶ける温度の高い金属の塊がそのまま埋まっているような様子もあるしな。


「とりあえず、調べることは調べ終わったな。出発するか」

「了解！」

「承知した！」

◇

それから少し後。

俺たちは魔法宇宙船に戻り、最終チェックをしていた。


「50センチだけ浮かせるぞ」


俺はそう言って、加速魔法を発動する。

この魔法宇宙船にも魔法機関は積んであるが、地上に近いうちは普通に加速魔法が使えるので、中にいる俺が魔法を使う形だ。

俺は魔法宇宙船を浮上させたまま、中の魔法機関の最終チェックを行う。

どれも問題なく作動しているようだ。


「全員、準備はいいか？」

「大丈夫です！」

「もちろんである！」

「ご飯もちゃんと積まれてます！」


どうやら全員、問題なさそうだな。

この星とはしばらくお別れになるが……まあ戦いがうまくいけば、近いうちに戻ってこれるだろう。

色々と行き当たりばったりに見えるかもしれないが、緊急時に打てる手は色々と用意しているしな。

……まあ、『母船』を倒せないまま戻ってきても侵略に晒（さら）され続けるだけなので、せっかくなら今回でカタをつけたいところだが。

「問題なさそうだから、出発するぞ！　全員、加速の衝撃に備えてくれ！」

そう言って俺は、上向きの加速魔法を一気に強める。

『理外結晶』から魔力の供給を受けているので、この重量の魔法宇宙船であっても、加速させるのは簡単だ。

「も、ものすごい数の魔物が出てきてるんだけど……！」

のぞき窓から外を見たアルマが、そう叫ぶ。

どうやら『法力結晶』が空高くに移動したので、魔力災害も空中で起こるようになったようだ。

まあ、魔物が生成されている場所は俺たちよりも下なので、あまり気にする必要はないだろう。

「地面に落ちてるだけだから気にしないで大丈夫だ。こっちには来ないだろう？」

「い、言われてみれば確かに……！」

生み出された魔物は、重力に引かれて次々に落ちていく。

外から見れば、魔物の尾を引きながら上昇する船に見えるかもしれないな。


そう考えている間にも魔法宇宙船はぐんぐん加速し、景色は遠くなっていく。

3分と経たないうちに、俺たちの星の丸い輪郭が見え始めた。

ここまで高度を上げるのは、前世ぶりだな。


「ぼ、ボク達の星は丸いって聞いてたんだけど、本当に丸いんだね……！」

「綺麗ですね……」


俺はそんな会話を聞きながら、加速魔法の効きが急激に鈍くなるのを感じ取っていた。

普段あまり意識することはないが、加速魔法も実は地面を足場にすることで魔力効率を上げている魔法なので、地面が遠くなると出力が落ちるのだ。

『法力結晶』のおかげで、ここまでの高度では何とかなったが……ここからは足場のない宇宙空間用の魔法に切り替えたほうがよさそうだな。


「ルリイ、魔法機関を起動してくれ」

「了解です！」

ルリイがそう言って、船の魔法機関を起動する。

魔法宇宙船がゆっくりと加速し始めたのを確認して、俺は加速魔法を切った。

ここから先は魔法機関任せだ。

「さて……あとは『母船』が近くなるまで、何日か待機だな。自由にしてて大丈夫だぞ」

「了解です！」

「分かった！」

アルマとルリイはそう言いながらも、のぞき窓から動こうとしない。

どうやら、宇宙からの景色が珍しいようだ。

ちなみに宇宙には本来重力がないのだが、今は魔力が有り余っているので、魔法で擬似的に重力を維持している。

もし途中で『法力結晶』を捨てることになったら、そこからは重力なしだな。

「お肉とってきます！」

そう言ってイリスは、食料庫のほうに入っていった。

今回はかなり潤沢に食料を積んでいるので、道中は食べ放題だ。

もし途中で足りなくなったら、もう一度宇宙空間で魔力災害を起こして補充すらできる。

『法力結晶』を捨ててしまうと食料補充はできなくなってしまうので、その後は制限が必要かもしれない。

ちなみに『法力結晶』を捨てた後は、魔法宇宙船の加速もできなくなる。

減速や方向転換は結界魔法の応用で、さほどの魔力を使わずとも行えるのだが……加速させるとなると、あの燃費最悪の加速魔法を使うしかない。

魔力供給が途絶えた後でそんなことはしたくないので、『法力結晶』を捨てたときまでについた勢いで進むしかないというわけだ。

「『母船』はどのくらいの距離まで『法力結晶』を探知できるんだ？」

「『母船』の探知範囲は10万キロほどであると、『導師』が仰（おっしゃ）っておった。正確かどうかは知らざるが、『導師』のお言葉ならきっと正しいであろう」

「10万キロか。思ったより近くて助かるな」

ここから『母船』までは1・5億キロほどの道のりなので、10万キロは1000分の1にも満たない距離だ。

ほとんどの距離を『法力結晶』つきで移動できるなら、快適で高速な旅が期待できそうだな。

第五章

chapter 5

それから4日後。

俺はミョ族の言葉の文法と単語をだいたい覚え、ミョル達に発音を習っていた。

この本には発音まで書かれていないので、この内容だけでは発音できないのだ。

とはいえ大体の単語はもう習い終わったので、あとは使用頻度の低い単語だけ埋めていけばいい。

本全体で一度しか出てこないような単語でも、現地では使うかもしれないからな。


「これは何と読むんだ？」


俺は本に書かれた単語の一つを指し、そう尋ねる。

『真鍮』を意味する単語だ。

「ミョエニケ」

「ミョエニケ」

ミョルの言葉を、俺はすぐに繰り返す。

こうして、発音が間違っていたら訂正してくれるのだ。

「……すっかりミョ族と変わらない発音であるな。この本の範囲内であれば、もう言葉だけでは魔法星人と気付かれぬであろうよ」

「それはよかった」

どうやら、発音に問題はなかったようだ。

これでとりあえず、ミョル達とはぐれても俺が通訳になれそうだな。

まあ所詮は語学書1冊分……それもミョ語を勉強するための本ではなく、ミョ族が俺達の言葉を勉強するための本の知識なので偏ったところはあるだろうが、それなりには話せなくもないはずだ。

「ほ、本当に4日で言語を覚えちゃったんだね……」

「ああ。難しい話をミョ語でやれと言われたら厳しいが、普通の会話はある程度何とかなるはずだ」

「……ちなみにその言葉、ミョ語だとどうなるの？」

「ニミピ、ミョエロポ、ニヌドルパォムミニホ、ポョエロニミピルピメニポムナイ、モルポルラォヨゥンホルブルポニミピ《そのとおりです、難しい話はミョ語ではできない、普通の話はミョ語でできる》……って感じか？」

俺はそう言って、ミョルの顔を見る。

すると、ミョルが頷いた。

《完璧である》

どうやら問題なかったようだ。

これでミョ語自体は、最低限の勉強ができたような気がする。

本になかった単語の中で使いそうなものは、ここからの道中でミョルに習えばいいだろう。

「じゃあ、そろそろ通訳魔法を使ってみるか」

「通訳って……普通に話すんじゃないの？」

「それだと話しにくいだろう」


確かに、現在の状況では、普通に話して通訳する以外の方法はない。

だが相手が話し終わってからの通訳だと会話のスピードは半分以下になってしまうし、同時通訳は近距離でやると話が混ざって聞き取りにくい。


そこで通信魔法を使う。

お互いに母語で話してもらい、その言葉が分からない人には翻訳後の言葉を通信魔法で送りつければ、かなり母語での会話に近い感覚で話せるというわけだ。

もちろん通信魔法なので、盗聴される心配のある状況では使えないが……魔法が普及していない星が相手なら、ある程度は問題ないだろう。

まあ、魔法を使える人間がゼロだとは言い切れないので、あまりに機密度の高い内容の場合、通信魔法は控えたいが。


などと考えつつ俺は、通訳魔法を起動する。

魔法自体はごく単純……というかほとんどただの通信魔法なので、新しく考える必要もない。

「通訳魔法を使ってみた。ちょっとお互いに、自分の言葉で話してみてくれ」

「はい！」

《了解した！》

俺に返事をして、ミョルとルリイが顔を見合わせる。

魔法がうまくいっていれば、お互いの言葉が理解できたはずだが……。

「き、聞こえますか？」

《聞こえるである！　ミョ語で聞こえるのである！　……我の言葉も聞こえるであるか？》

「ミョルさんの言葉も聞こえます！」

どうやらうまくいっているようだな。

中身はほとんどただの通信魔法なので、通信魔法が届かない距離だと翻訳もできなくなってしまうが、自分の口で通訳をするよりはずっとマシだろう。

「これからはお互いに、自分の世界の言葉で話すようにしよう。通訳魔法のテストも兼ねてな」

《了解である！》

「分かりました！」

これで俺は『母船』につくまでの間、翻訳に慣れることができる。

もし会話の中で翻訳できない単語が出てきたら、ミョルに聞けばいいというわけだ。

「……翻訳って、魔法でできるんだね……」

「いや、翻訳自体は俺がやってるだけだ。だから俺が知らない単語は、ミョ語のまま聞こえる」

一応、魔法だけで言語を翻訳することは、不可能ではない。

前世の時代に一つ作ったことがあるが、それなりの規模の計算魔法を使えば、翻訳自体は可能だ。

とはいえ今の俺の魔力でそんなことをしようとすれば、凄まじい量の魔力を使うことになってしまう。

だったら魔法には通信の部分だけ任せ、翻訳は自分でやったほうがマシだ。

人間の脳というのは以外に便利なもので、なんでもかんでも魔法でやればいいという訳ではないのだ。

「……つまり、もうマティくんは、さっき覚えた言葉を同時翻訳できるってことですか……？」

「まあ、このあたりは慣れだからな。一度ちゃんと覚えてしまえば、あとはそれを……」

そう言いかけたところで、魔法宇宙船の中にある魔道具の一つが、けたたましい警報音とともに光り始めた。

どうやら、なにか起こったようだ。

俺は会話をやめて、周囲の魔道具から情報を集め始める。

魔力計、推進用の魔法機関は異常なし。

反応を示しているのは、魔力を持たない障害物などを検知する魔法計器だ。

小惑星などだろうか。

そう考えながら俺がのぞき窓を見ると……ちょうど進行方向に、白い光が見えた。

つまり――『母船』の方向だ。

「揺れに備えてくれ！」


俺はそう言って魔法機関を横向きに切り替え、最大出力を発揮させた。

船は横向きに加速し……先ほどまで船があった場所を、光の柱が貫いていった。

光に魔力はないが、船があった場所に残った魔力がの軌道が、激しく歪(ゆが)んでいる。


恐らく……かなり強力な『理外の術』だ。

一瞬だった上に距離も遠かったので、俺にはただ巨大な『理外の術』だということしか分からなかったが、ここにはミョル達がいる。

彼女たちなら、正体が分かるだろうか。


「今のがなんだか分かるか？」

《あ、あれは……『万物破壊法術』である！　以前に見たことがあるから、間違いないのである！》

どうやら、ミョルが見たことのある法術のようだ。

名前からしても、かなり強力な代物だろうな。

「どんな法術なんだ？」

俺は2発目に備えて窓や計器を確認しながら、ミヨルにそう尋ねる。

範囲自体はさほど広くないようだが、そんな法術が俺達の船がいる場所にピンポイントで飛んできたのは、偶然とは考えにくい。

まず間違いなく、位置を捕捉されているな。

《母船へ飛来した小惑星を蒸発させた時に使った魔法であるな。小惑星は一瞬で蒸発したゆえ、まず防げざる一撃よ》

「……その小惑星は、どのくらいの大きさだ？」

《確か……直径30キロくらいであるな》

直径30キロもある岩の塊を、一瞬で蒸発させる法術か。

もし食らったらひとたまりもないな。

「ど、どうするの……？」

「もうしばらく様子を見よう。それだけの威力の攻撃なら、連発はできないかもしれない」

俺達と『母船』までの距離は、まだ1000万キロ以上ある。

10万キロくらいに近付かないと捕捉されないというミョルの話とはだいぶ違うが……『母船』の能力をレジスタンスみたいな組織が完全に把握できる訳もないので、彼女を責めても仕方がないだろう。

幸い、魔法計器のおかげで当たらずに済んだしな。

問題は敵に場所を把握されているのが『法力結晶』なのか、この船自体なのかだ。

前者だとすれば『法力結晶』を切り離せばそれで済むが、もし後者だとすると『法力結晶』を残しておいたほうが、好き勝手に魔法を使える分だけ有利になる。

こういったときのテストに使える仕組みは、あらかじめ船に用意されてある。

「ルリイ、『法力結晶』の格納部を伸ばしてくれ」

「了解です！」

ルリイが魔道具を起動すると、『法力結晶』が格納されている部分が、船からニョキニョキと伸び始めた。

この船は、格納部だけを隔離できるようになっているのだ。

元々は『法力結晶』を使って食料を補充するとき、船の中では魔力災害を起こしたくはないので、この部分だけを隔離できるように作った仕組みだが……こういった時にも役立つようだ。

◇

それから1時間ほど後。

先ほどと同じ魔道具が、警告音を発した。

のぞき窓を確認すると、あの光がこちらへ向かっている。

俺はそれを見て、先ほどと同様、光を避けるように船を方向転換させる。

すると……先ほどまで『法力結晶』があったのと同じ位置を、『万物破壊法術』が過ぎていった。

「……狙われてるのは結晶のほうみたいだな」

「切り離しますか？」

ルリイがそう言って、切り離しボタンを見る。

ボタンは間違って押さないようにカバーがかけられているが、いざとなればボタン一つで切り離せるわけだ。

しかし、今やるのはちょっともったいない気がするな。

敵は一発目を外してから次を打つまでに1時間もかかっているのだから、そこまで大急ぎで切り離す必要もない。

もし『万物破壊法術』が追尾機能を持っているなら次を打たせるのは危険だが、もしそうならこの船はとっくに宇宙の塵と化しているだろう。

「ルリイ、この魔道具を作ってくれ」

俺はそう言って、新しく作った設計図と、魔石をルリイに手渡した。

さほど大規模ではない魔道具なので、次の『万物破壊法術』が来るまでには完成するだろう。

「これ……おとりってことですか？」

ルリイは設計図を見て、すぐに意図を理解したようだ。

魔道具はランダムな向きに加速し、もし魔道具から見える範囲に強い光が現れたら、方向転換するようになっている。

敵が遠くから『万物破壊法術』を連発しても、なかなか当たらないというわけだ。

「ああ。これを仕込んでから切り離す」

「分かりました！」

そう言って、ルリイが魔道具を作り始めた。

距離が遠いため、戦いといった感じはしないが……一応、初めての大規模な『熾星霊』との戦いということになるな。

◇

それから30分ほど後。

俺はルリイが作った魔道具を『法力結晶』の近くに仕込む作業を終え、船の中に戻ってきていた。

予想通り、まだ『万物破壊法術』は飛んでこないようだ。

「『法力結晶』を切り離してくれ」

「了解です！」

そう言ってルリイがボタンを押すと、『法力結晶』を格納したケースが、魔道具と一緒に飛んでいった。

もう魔力を無限に使うことはできないが、あの結晶はおとりとして仕事をしてくれることだろう。

「ここからは、魔力を節約していくぞ」

俺がそう言うのとほぼ同時に、魔法宇宙船の中が暗くなった。

内部を照らしていた光魔法の出力が落ちたのだ。

「了解！」

「はい！」

船は一応、魔力を周囲に逃さない構造になっている。

そのためしばらくの間、船の中には魔力が残り続けてくれるだろう。

それでも魔力というのは使えば減っていくものなので、気をつけて使っていく必要がある。

◇

それから数時間後。

俺達は特に攻撃を受けることもなく、宇宙空間を順調に進んでいた。

宇宙空間では自分から減速しなければ速度が落ちることもないので、加速用の魔法機関を止めた影響も大したことはない。

おそらく1日と少しで、俺達は『母船』に到着できるだろう。

ちなみに俺達はすでに着陸後のことを想定し、『母船』の人々に似せた服を着ている。

『母船』に潜り込んだ時、服装でよそ者だとバレてしまうほど間抜けなことはないからな。

「あっ、また光った」

「あの光、遠くから見ると大きいんですね……」

遠くを走った光の柱を見て、アルマとルリイがそう呟く。

どうやら『法力結晶』はまだ壊されることなく、おとりとしての役目を果たし続けてくれているようだ。

《すさまじい法力の無駄遣いであるな……》

《あれ一発に、どれだけの力が使われておるのか……》

無駄打ちされる『万物破壊法術』を見て、ミョル達が呆れたように呟く。

ミョル以外はあまり俺達の言葉に自信がないようで、静かにしている事が多かったのだが……通訳魔法が起動したので、それなりに喋るようになったようだ。

「『母船』って、攻撃を当てるのは苦手なのかな？」

『母船』の攻撃が外れ続けるのを見て、アルマがそう呟く。

確かに、これだけ撃って一発も当たらないというのは、少し間抜けなようにも見える。

相手が自分から攻撃を見て動く人間ではなく、ただ事前に決められた通りに動く魔道具ともなれば尚更だ。


しかし……今回に関しては、ちょっと話が変わってくる。

単純に、あまりに距離が遠いからだ。


「1000万キロ先から、これだけちゃんと狙えるだけでもすごくないか？」

「い、言われてみれば確かに……」

「狙いをつけるどころか、届かせるだけでも大変ですよね……」


そう。

届くだけでも十分に異常なのだ。

その上、角度が0・1度でもずれれば、1000万キロ先では1万キロ以上も狙いがずれてしまう……つまり10メートルくらいの誤差を許容するとしても、射撃の精度は0・0000001度未満でなければならないのだ。

流石に動きの先読みまではできていないとしても、俺達が避けなければならないような位置を狙えているだけで、地上なら十分すぎるほどの精度だろう。

「こんなのを繰り返して撃てるってことは、それだけ大きい力を持ってるんだよね……？」

「まあ、星と戦うようなものだからな。……3億人もの人間が住める大きさとなると、船というよりは星だ」

『母船』の詳細に関しては、ここまでの道のりでミョル達に聞いている。

俺たちの星と比べると、大きさとしては数十分の一になるようだが……星と違って表面以外にも人が住めるので、3億人がいた時代でも、母船が狭いという話はなかったようだ。

「星と戦う……あんまり現実感がないね……」

「まず、宇宙に出るなんて思いませんでしたし……」

「『母船』の食べ物、楽しみです！　大きいなら沢山あるはずです！」

どうやら3人とも、あまりピンときていないようだな。

イリスに至っては、食べ物を楽しみにしているようだ。

「まあ、『母船』を丸ごと壊す必要はないはずだ。いくら大きくても生物であることに変わりはないし、心臓みたいなものを壊せば死ぬかもしれない」

「……中にさえ入っちゃえば、逆に倒しやすかったり……？」

「倒しやすいかどうかまでは分からないが、可能性は十分にあるな。……いくら強い力を持った魔物でも、自分の体内を攻撃するのは大変なはずだ」


人間だって、自分の体内に敵が入り込めば苦労するだろう。

目で見えない大きさの敵が体内に入り込んで、内側から心臓を壊しにかかったりしてきたら、対処はかなり難しくなる。

たとえ指で潰せば簡単に死ぬほど弱い生き物が相手でも、自分の体内に指を突っ込むのは難しいのだ。


今回の戦いも、そういった面が大きい。

敵の中に入ってしまえば、もう『母船』の本体は俺達に手を出せない可能性すら高い。

実際に俺達の敵になるのは、『母船』の内部にいる、『母船』の手下たちになるかもしれない。

とはいえ……それも撃墜されることなく『母船』に入り込めればの話だ。

まだまだ油断はできないな。

そう考えながら俺は、窓から外の様子を観察していた。

第六章

Chapter 6

翌日。

俺達は何事もなく宇宙空間を進み、『母船』が見えるところまでやってきていた。


「あれが『母船』か……」

「で、でかいね……！」

「確かに、船だか星だか分からないです……」


俺達はそう言葉を交わしながら、巨大な『母船』を眺める。

しかし、見た目はまったく船という感じがしない。

雑多な建物が大量に組み合わさり、塊を作っている……といった印象だ。

そして『母船』の中には、広大な森もある。

というか半分くらいは森なのではないだろうか。

森の中にはところどころ、街のようなものもある。


見た目は船といった感じもしなければ、生物といった感じもしないな。

小さめの星、といったほうがしっくりくる。


しかし、星らしくない部分もある。

形がまったく丸くないし、長細いのだ。

普通の星であれば重力で自壊してしまうだろうが……おそらく重力のかかり方が、普通とは違うな。

もしかしたら、そのあたりは『理外の術』でなんとかしているのかもしれない。


「我々も、上空から見るのは初めてであるな」

「あれ、ボク達の星に向かって飛ぶ時に、見たんじゃないの？」

「我々の船には、窓がなかったゆえ」


……本当に、よくたどり着けたな。

宇宙空間で迷子になったり、変な場所に着陸するようなことにならなかったのが奇跡だ。

ちなみにミョルたちはもうミョ語で話しているが、通訳魔法の調整が終わり、もうだいぶ自然に聞こえるようになった。

言葉遣いも自然にできるのだが、ミョルの言葉を自然に訳したら誰の言葉だか分かりにくくなったので、あえてミョルっぽい感じに訳している。


「着陸場所は、あの森でいいんだな？」

「そうである。我等の拠点……第１２５１放棄区画である」

「放棄区画？」


母船に森があるという話は聞いていたが、放棄区画という名前は初めて聞いたな。

俺達に分かりやすいように森と言ってくれていたのだろうが、その名前がついた理由は気になるところだ。


「うむ。ああいった森はすべて、今は放棄された食料生産所の跡地なのである」

「なんで放棄されたんだ？」

「食料として作っていた『法獣』が手に負えなくなって、誰も立ち入れなくなってしまったようであるな。魔法星でいう魔物のようなものである」

なるほど、それで放棄区画か。

……これは、とてもいい情報だな。

手に負えなくなって放棄されるような場所があるということは……『母船』はやはり、自分の体内を思い通りに動かせるわけではない可能性が高い。

潜り込んでしまえば、敵も簡単には手が出せないということだ。

「じゃあ森の中には、『法獣』がいっぱいいるってこと？」

「それなりに見かけるのである。しかし、マティアス達の実力ならば問題はあるまい」

「『法獣』って、美味(おい)しいんですか⁉」

魔物のようなものと聞いて、先ほどまで寝ていたイリスが飛び起きた。

どうやら、食べ物の気配を感じたようだ。

バルドラ・キャトルはまだ備蓄があるのだが、やはり違う星の食べ物というのは気になるらしい。

「種類にもよるが、中々うまいものが多いであるぞ。我等の食料も、ほとんど法獣ゆえな」

「楽しみです！」

そう話していると……『母船』にある、巨大建造物の一つが光り始めた。

建造物の全体を覆う光が、段々と真ん中にある一つ——砲台のようなものへと収束していく。

「あれは……万物破壊法術である！　早く避けねば……」

どうやら、あれが『万物破壊法術』のようだ。

確かに前回の射撃から1時間ほど経っているので、そろそろ来る頃だったな。

そう考えつつ俺は、特に何もしない。

というか、できることが何もないからだ。

『万物破壊法術』は1000万キロも先から視認して、それから1分も経たずに着弾する攻撃なのだから、この距離では0・1秒と経たずに着弾することになる。

狙われた時点で、もう何もできることはない。終わりだ。

まあ、狙われればの話なのだが。

「大丈夫だぞ。狙いは俺達じゃないはずだ」

俺がそう言った次の瞬間、発動した『万物破壊法術』が、はるか彼方を通り過ぎていった。
『万物破壊法術』が飛んでいった先は、俺達が来た方角……つまり、『理外結晶』がある方角だ。
どうやら、あのオモチャはまだ撃墜されずに残っているらしい。

……『母船』を倒して帰るまであれが残っていたら、持って帰って俺達の星の近くにでも浮かべるのも面白いかもしれない。
まあ、流石にそれまでには撃墜されてしまうような気もするが。

「……この距離でも、見つからないのであるか？」
「魔法で船の姿を隠してるから、魔力で探知されない限りは見つからないと思うぞ」

俺はそう言って、地上の様子を観察する。
今のところ、俺達を狙うような動きはない。

「あの『法力結晶』、まだ撃ち落とせてないんだね……」

「……まあ、簡単には当たらないように魔道具を設計したからな」

「あの魔石なら、1ヶ月は動くと思います！」


俺はアルマ達と話しながら、魔法船を減速させ始める。

すでに速度はかなり落としたが、まだ毎秒1キロくらいだ。

この速度のまま着陸を試みれば、それは着陸というより『激突』と言うべきものになるだろう。

そうならないように、安全なところまで速度を落としておくというわけだ。


俺は船の速度を落としながら、目当ての『第1251放棄区画』へと船を降下させていく。

今のところ、侵入が気付かれた様子はないな。

残り少ない魔力を、隠蔽魔法に使った価値はあったようだ。


「着陸成功だ」

俺はそう言って、船の外の状況を確認する。

外の空気が有害だったりする場合、対策魔法なしでハッチを開けると大変なことになるが……どうやら、問題ないようだな。

そして、もう一つ嬉しい情報があった。

「この外……魔力があるぞ」

「魔法がない星なのに、魔力があるの⁉」

「ああ。しかも、俺達の星よりずっと魔力が濃い。……魔力を生む『法術』があるから、それのおかげかもしれないな」

俺はそう言って、ハッチを開けて外に出る。

周囲の風景は、俺達の星にある普通の森と、驚くほど似ていた。

そして受動探知には、魔物の姿もたくさん映っている。

魔力を持たない、ミヨルのような存在ではなく……普通に魔力のある生物だ。

「この森、魔物がいるぞ」

俺はそう言って、近くの魔物を指す。

……姿も俺達の星の魔物と変わらないな。

イノシシの魔物のようだが、俺達の世界でいうと、エイス・ボアという魔物に近いかもしれない。

なんとかボアという名前がついている魔物は似たようなものが多いので、下手をすればまったく同じようなものが、俺達の世界にいてもおかしくないだろうな。

「あれは法獣である！　母船ボアである！」

惜しい。ボアまでは合っていた。

どうやら魔物のことを、ここでは法獣と呼ぶらしい。

「倒してみるか」

俺はそう言って、強制探知——魔物に自分を見つけさせる魔法を発動する。

すると、法獣がこちらに向かって走ってきた。

「……動きも普通だな」

俺は特に強化魔法などを使うことなく、母船ボアに斬りつける。
母船ボアは、あっさり真っ二つになった。

「お見事である！」

一撃で法獣を倒した俺を見て、ミョルがそう叫ぶ。
俺はそれを聞きながら、母船ボアを観察する。
答えはすぐに出た。

「これ……完全に魔物だぞ」
「確かに、見た目は似てますけど……そんなに同じなんですか？」
「ああ。それも魔力災害産の魔物だ」

魔力災害産の魔物は、普通の魔物とは少し違った魔法的特徴を持っている。

魔力の純度が高いため、ちょうどいいレベルの魔力災害で作られたものであれば、雑味が少なくて味がいい。

今回の法獣は、まさにそんな特徴を持っている。

前世の時代の魔法戦闘師であれば、10人に10人が『魔力災害産の魔物だ』と思うだろう。

まさか別の星の法獣だなどとは、思いもしないはずだ。

「ここ、元々は食料生産所だったたって言ってたよね……？」

「ああ。それも法獣が手に負えなくなって放棄されたっていう話だったな」

ここまで材料が揃えば、その『食料生産所』の内容はだいたい予想がつく。

なにしろ……それと同じ代物が、俺達の星に落ちてきたのだから。

「これ……魔力を生む『法力結晶』で魔力災害を起こして、それを食料にしてたんじゃないか？」

「……そんな感じだね……」

どうやらこの『母船』の中は、思ったよりも俺達の星に近い環境のようだ。

空気の組成もさほど変わらないようだし、住んでいる人間が使う力以外は大差ないようだな。

「ちなみにこの世界、法獣を効率よく探知する方法とかはあるのか？」

『法獣』が『魔物』と同じものであることが分かったので、俺はミョルにそう訪ねた。

これから法獣がどうとかいう話は、全部魔物の話として考えることにしよう。

強いて言えば、魔法星にいれば魔物、『母船』にいれば法獣……といったところか。

それはそうとして、もし法獣を効率よく見つける方法があるなら、それは魔力を探知する手段である可能性が高い。

俺達も下手をすれば、法獣と一緒に見つけられてしまうかもしれない。

そう考えたのだが……。

「ないのである。もしそんなものがあったら、放棄区画はこんなに沢山なかったかもしれぬな」

どうやら、魔力探知などはなさそうな様子だ。

放棄区画の外に出ても、魔力だけでは気付かれずに済みそうだな。

まあ法力がないので、それで気付かれる可能性はあるが。

「じゃあ、とりあえず見つかる心配はないとして……問題はこれからどうするかだな」

俺はそう言って、あたりを見回す。

一応俺達は『母船』への侵入者なわけだが、侵入自体が見つかったわけでもないので、そう慌てて隠れる必要もないだろう。

もし追っ手が来るような状況なら、この『母船』に詳しいであろうミヨルのほうが慌てているはずだしな。

「……これを倒すって言っても、なんか実感ないよね……」

「加工魔法で、穴を掘ってみますか？」

アルマとルリイが、地面を見ながらそう話し始める。

俺達が立っている場所は敵の真上なのだから、穴を掘ってみるというのは素直な発想だ。

表面の土が何メートルの深さなのかは分からないが、深く深く掘り進めば、敵の本体にたどり着く可能性もあるだろう。


しかし、敵に攻撃が届くということは、俺達の存在に気付かれるということでもある。

敵に存在が気付かれていないというのは、かなり大きなポイントだ。

いきなり致命的なダメージを与えられるならともかく、敵の表面を少し削るためだけに見つかってしまったのは、ちょっと割に合わないような気もする。


ドラゴンの姿になったイリスが、穴に向かって『竜の息吹』を吹き込んだところで、さすがに星みたいな大きさの存在が相手では、あまり意味はない可能性が高い。

『指先をちょっとやけどした』くらいのダメージを与えられればいいほうだろう。


とはいえ、今は穴を掘る意味がある。

それは敵を攻撃するためではなく、船を隠すためだ。

いくら人があまり来ない放棄区画といえども、こんなものが地面に鎮座していたら目立つからな。


「戦い方は一旦置いておいて、まずは船を隠そう。帰りに使うかもしれないが、このまま置いておく訳にもいかないからな」

俺はそう言って、土魔法で地面を掘り始める。
掘った感じは、俺達の星とさほど変わらないな。
とりあえず、この土が船を隠せるくらいには深いことを祈っておこう。

◇

それから1時間ほど後。
俺達は無事に深い穴を掘り終わり、中に魔法宇宙船を運び込んでいた。
どうやら10メートルくらい掘っても、『母船』の本体には届かずに済むようだ。

「穴を閉じます！」

そう言ってルリイが加工魔法を発動し、船の入った穴を閉じ始める。
5分とかからず、穴の上は土で塞がった。
土の下はルリイが加工魔法で固めたので、周囲の地面よりむしろ頑丈なくらいだ。

とはいえ、これではまだ簡単に見つかってしまう。
周囲の地面は草が生えているので、むき出しの土は不自然だからな。

「植物も生やしておこう」

俺はそう言って、植物が育つのを促進する魔法を発動する。
すると……むき出しだった地面に、あっという間に周囲と同じような草が生えた。
戦闘で使うような魔法ではないが、こういった魔法もたまには役に立つものだ。
前世の時代には、これで苗から果物を作ったりもしていたな。

「……魔法というのは、本当に便利であるな……」
「まあ、ボク達の星でも、マティ君とルリイは特別なんだけどね」

そう話しながら、アルマとミョル達が、すっかり周囲と同化した地面を眺める。
そこに……周囲で法獣を倒していたイリスが戻ってきた。

「これ、焼いていいですか⁉」

どうやらイリスは、さっそく現地の法獣を食べるつもりのようだ。

産地こそ特殊だが、正体はただの魔力災害産の法獣なので、さほど特別な味ではないだろうが……まあ普通の法獣だろうと、食べたいことに変わりはないだろうな。

バルドラ・キャトルは確かに美味しかったが、宇宙を飛ぶ間ずっと同じものを食べていたので、さすがに飽きが来ているだろうし。

とはいえ、肉を焼いているところを『母船』の人間に見つかったら目も当てられない。

このあたりも見た目は至って普通の森なので、安心感を覚えてしまう感覚は分かるのだが……あくまでここは敵地だからな。

「焼くのは安全を確保してからにしよう」

「……分かりました！」

そう言ってイリスは、法獣を背中に担いだ。

どうやら安全が確保できるところまで、持って行くつもりらしい。

などと考えていると、イリスがあたりを見回し始めた。


「そういえば、バルドラ・キャトルは……」

「ああ、船の中に入ったまま埋めたぞ」

「え!?」


俺の言葉を聞いて、イリスが信じられない顔をした。

どうやらイリスは、まだバルドラ・キャトルに飽きてはいなかったようだ。

着陸の直前にも、『母星』ではいつ食料が確保できるか分からないということで、最後の晩餐とばかりに食べていたはずなのだが……。


「あれは帰りの食料にするから、そのまま埋めておくぞ」

「……腐ったりしないですか？」

「冷凍魔法は維持しているから大丈夫だ」

ルリイが『母船』に用意した冷凍魔道具はなかなか優秀なもので、周囲に魔力を放出しない。

さらに、周囲の温度にも影響を与えないので、あの魔道具が動いているせいで見つかることはまずないと言っていいだろう。

魔石の魔力がなくなると流石にどうしようもないが、魔力も数ヶ月はもつはずなので、よほど遠征が長引かない限りは大丈夫だ。


「よかったです……」


どうやらイリスも、食べ物の心配をするくらい元気なようだな。

ドラゴンのような魔法生命体は周囲の魔力的環境に影響されやすい部分もあるのだが、この星なら問題はないようだ。

まあ、星というよりは敵の背中の上なのだが。

「ミヨル、とりあえず見つからずに隠れられる場所に行きたいんだが……どこか心当たりはあるか？」

「それであれば、我らの街がよかろう。放棄区画の中にあるゆえ、中央の連中に見つかる可能性は低い」

俺の言葉に、ミョルがそう答えた。

どうやら『放棄区画』の中にも街があるようだ。

「街って……大丈夫なの？」

「法力がない私達だと、すぐ気付かれちゃいそうですけど……」

ルリイ達の心配はもっともだろう。

街には多くの人間がいるはずだし、誰が敵で誰が味方か分からない。

それとも、『反侵略派』のアジトみたいな街なのだろうか。

「安心召されよ。我等の街には『母船』に味方する者などおらぬ」

『侵略派』どころか母船自体の敵なのか。

それだと『母船』を倒そうとしている俺達からすると、味方に近いような気もするが……そんな存在がいる理由が気になるな。

「『母船』に住んでるのに『母船』の敵って……なんだか不思議な感じですね」

「放棄区画の街では、珍しくあらざるよ。まあ本当に憎むべきは『母船』というより、『母船』の意のままに放棄区画を迫害する『母船の使徒』どもかもしれぬが……街の住民にとっては、どちらも似たようなものだ」


なるほど、街ごと迫害されているのか。

それだと確かに、『母船』を恨むのも納得できる。

放棄区画という名前からしても、見捨てられた街という感じがするしな。


「スパイとかはいないの？」

「いるかもしれぬが、『母船の使徒』だと分かった瞬間に袋叩き（ふくろだた）きにあうゆえ、あまりおらざると思うぞ。特に力のある『使徒』は法力が多いゆえ、見分けがつきやすい」

「……『法力』が多いだけで、袋叩きにされるってこと……？」

「見知らぬ者で『法力』が多い者がおれば、自警団の取り調べを受けることになるな。……我のように顔を知られておれば問題はない」


なるほど、ミョルくらいの力でも取り調べの対象になるわけか。

自警団がそこまで厳しく見張っているとなると、確かにそれなりに安心できそうだ。

ミョルは街の中でも顔が知られているようなので、彼女と一緒に行動していれば、怪しまれはしないかもしれない。

問題は、法力をまったく持たない人間が怪しまれないかどうかだな。
もし街に敵がいないとしても、噂でも広まれば、『母船』やその手下に見つかる可能性がある。
さすがに街にいる人数を考えると、完全に口を封じるのも難しいだろうしな。

そう考えていたのだが……。

「それと……実は今まで言っておらなんだが、実は最近は我等の街にも、法力を持たぬ人間がおる」

どうやら俺達の他にも、法力を持たない人間がいるようだ。
昔はいなかったような言い方だが、今は問題ないのかもしれない。
だが、最近になって現れたというのは少し気になる話だな。

「……それって、ボク達の星の人が、さらわれてきたりとか……?」

「否。正真正銘『母船』で生まれた者たちである。『無法力病』と呼ばれておる。ゆえに哀れみの目を向けられることはあっても、怪しまれることはあらざるな」

「あ、哀れみの目で見られるんだ……」

「うむ。『無法力病』の患者は、長くは生きられぬからな。40歳くらいまでなら生きていても不思議はなきゆえ、マティアスたちが怪しまれることはなかろう」


40歳までなら……か。

不老魔法なしでの寿命としては極端に短くもないが、決して長くはないな。


「生まれつきの病気なのか?」

「ああ。年々割合が増えているが……最近、我らの街では生まれる子供の8割ほどが『無法力病』であるな。日々の生活には問題なきゆえ、そのへんを普通に歩いておるぞ」


思ったより多いな。

むしろ法力を持っている人間のほうが少数派のようだ。

そう考えながら歩いていると、遠くになにやら人工的な建造物が見えてきた。

俺達の星とはだいぶ建築様式が違うようだが、人の住んでいる街だな。
そう確信できる理由がある。
街の中には、明らかに法力を持った人間が沢山いるからだ。

「あれがミョルたちの街か？」
「うむ。出発してからさほど日数は経っておらぬが……まさかここに戻る日が来るとは思わなんだ」

そう話しながら進んでいると……街の中から、数名の人間が走ってきた。
彼らは何やら、制服のようなものを着ている。

「区長、よくぞご無事で……！」

声が聞こえる距離につくなり、近付いてきた男の一人がそう叫んだ。
男の視線は、ミョルに向けられている。

「区長？」

「うむ。第1251放棄区画内居住区……我はその区長であった。魔法星へ向かうにあたって区長は後任に譲ったゆえ、正確には『元区長』であるがな」

ミョルは区長だったのか。
名が知られてるみたいな言い方だったが、それは知られているわけだ。

「ルピョ先輩、ニャム先輩も護衛ご苦労様でした！」
「おう。まさか帰ってこれるとは思ってなかったけどな」
「正直、ほとんど護衛らしいことはできなかったけどな」

どうやら護衛たちは、彼の先輩だったようだ。
区長の護衛として他の星に行くだけあって、彼らも精鋭だったのだろう。

「してミョル区長、そちらの方々は？」

護衛の男が、俺達を見てそう尋ねた。
魔法星に行った人間が、法力のない見知らぬ人間を連れてきたとなると、答えは想像がついているのだろうが……あえて聞いているのかもしれない。

「彼らは……少々特殊な、無法力病患者だ。我の客人ゆえ、丁重に扱ってくれ」

「承知いたしました。無法力病の患者『ということにして』扱います」

「頼んだ。しばらく我は彼らと共に行動するゆえ、説明は我が引き受けるがな」

ということにして……か。

やはり俺達の正体には気付いているようだな。

「我の家はまだ残っておるか？」

「もちろんです。むしろ、残っていない理由がないでしょう」

「我が帰ってこれるなどと思っていた人間は、ほとんどいないはずである。もちろん我も含めてな」

「……あれが最後の別れになる可能性を、考えなかったといえば嘘（うそ）になりますが……すぐに家を片付けてしまうほど薄情な人間は、ウチの居住区にはいませんよ」

どうやらミョルはなかなか人望があったようだ。

あの宇宙船を見た感じ、自力で『母船』に帰れる可能性がゼロに近いことは本人たちも分かっていたはずだが、それでも誰もいなくなった家を守ってもらえていたわけだからな。

「我の家にご案内しよう。居住区の中でも、最も安全な場所ゆえな」

「ありがたい」

俺はそう言って、ミョルの後について街に近付いていく。

しかし……ずいぶんと独特な町並みだな。

やたらと背の高い建物が多いが、無計画に増築を繰り返したような跡が多く、なんだかアンバランスな感じなのだ。

木や石ではなく、金属が主体となって作られているので、これでも強度は保たれているのかもしれないが……地震でもあれば、あちこちで崩落事故が起きたりするかもしれない。

ミョルの宇宙船も、こういった場所で作られたと聞くと納得がいくな。

見た目とか非常時の安全とかはひとまず置いておいて、とりあえず実用可能なものを作る……そういった思想が垣間見えるのだ。

『この街、入っても大丈夫でしょうか……？』

『崩れてきたりしないかな？』


ルリイとアルマが、通信魔法で不安げに呟く。

正直なところ、大丈夫とは言いにくいな。

魔力反応から建物の柱などの様子を探ってみているが……どうやら古い建物が多いようで、金属製の柱が錆びたりしていて、どこが崩れるか分かったものではない。

法力かなにかで支えているなら話は別だが、そうでないなら危険な場所と言わざるを得ないだろう。


『……軽めの防御魔法を張っておけば何とかなるはずだ。もし崩れても、金属とか石の塊が落ちてくるだけだからな』

『あ、崩れる前提なんだね……』

『エデュアルト号と同じ感じですね！』


確かに、あの船と同じ感じだな。

いつどこで爆発が起きるか分からないので、とりあえず常に身を守っておくのが基本というわけだ。

まあ、毎日何回も爆発が起きる船に比べたら、ここのほうがだいぶ安全かもしれないが。

第七章

Chapter 7

それから少し後。

俺達は街の中心付近にある高い建物の最上階……ミョルの家へとやってきていた。

区長というだけあって、なかなか広くて見晴らしのいい場所に住んでいるようだ。

「ここが我の家である。肉を焼きたいなら、そこにある薪を好きに使うがよい」

「……料理は薪を使うんだな」

「うむ。法力は貴重な力である上に、火力の調整が難しいからな。……特に『放棄地区』では法力の調達が難しきゆえ、本当に必要な時以外には法力を使わぬのが基本である」

そう話していると、イリスが炎魔法の魔道具を取り出して、薪に火をつけ始めた。

イリスは肉をその場で焼けるように、炎系の魔道具を常備しているのだ。

「さて、『母船』を倒すという話であったが……具体的な方法に心当たりはござるか？」

さっそくイリスが肉を焼き始めたのを横目で見ながら、ミョルがそう尋ねる。

正直なところ、まだ『母船』にどうやってとどめを刺すかについては、まだ見当もついていない。

敵の弱点……たとえば心臓などを狙(ねら)うという手はありそうだが、どこに心臓があるのか、そもそも『母船』に心臓があるのかどうかすら分かってはいないのだ。


とはいえ、やれることはある。

今はまだ俺達は『母船』について何も知らないが、分からないことは調べればいいのだ。

強敵と戦う時には、まず敵の情報を徹底的に調べ上げるのが基本だしな。

「まずは街に出て、情報を集めようと思う。俺達は『母船』について、あまりに知らなすぎるからな」

「……分かった。この街でよいであるか？」

「最初はこの街だが……できれば後で、『母船』の情報がもっと集まる場所に潜り込みたい。心当たりはあるか？」

「『母船』の情報が入る場所は、『放棄地区』にはあらざるな。……我の出身地である『母船第

512船員区』であれば、ここよりは情報が多きはずだが……『船員区』は法力の少なき者の立ち入りが許されておらぬゆえ、マティアス達が潜り込むのは難しいかもしれぬ」


どうやらミョルの出身は、この街ではなかったようだ。

だから放棄地区の住民としては、法力が多いのかもしれない。

彼女がなぜ今ここにいるのかは少し気になるところだが……それよりもっと気になる話が出たな。


「『船員区』っていうのは、放棄されてない街のことか？」

「うむ。我が出身した通常船員区の他に、上級船員区と呼ばれるエリートの街があるが……噂ではさらに上の、この『母船』の支配層が住む場所もあると言われておる」


なるほど、放棄されていない街には色々とランクがあるんだな。

『母船』に関する情報が集まるとしたら上級船員区か、そのさらに上の街だろう。

「この街でそれらしい手がかりが見つからなければ、その『上級船員区』に潜り込むことにしよう」

「難しいであるぞ。というか船員区の住民同士はみな顔見知りであるゆえ、知らざる者がいれば即通報であるな」

「……互いに顔が分かるほど、人数が少ないのか？」

「母船住民3000万のうち、船員区の住民は30万いるかどうかと言われておるな。それが沢山の船員区に分散しておるから、一つ一つは本当に狭き社会よ」


なるほど、その数だと確かに……顔見知りばかりでもおかしくなさそうだ。

もし潜り込むとしたら、そもそも姿を見られないようにするしかないな。

まあ、敵地潜入など普通はそんなものなので、今の俺達が堂々と街中を歩いている状況のほうが異常なのだが。


「船員区に住んでるのが30万人だけなら、残りの2970万人は全員『放棄地区』か？」

「そうである。船員区のほうが広いであるが、人が多いのは『放棄地区』であるな」

船員区に入れるのはかなり選ばれし者だけのようだ。

むしろこういった『放棄地区』の住民のほうが、この『母船』では一般的な存在なんだな。

「そんなに沢山の人がいる場所を放棄しちゃったら、もったいなくない？」

「放棄地区とは言っても、船員区との貿易はしておるよ。ギリギリ生きるに足る僅かな法力や専売品の物資と引き換えに、我等が得た資源や食料を売り渡すのだ。ゆえに『放棄地区』の民は命を危険に晒して法獣と戦い、その肉のほとんどを船員区に譲り渡しておる」

「あー、なるほど……」


どうやら放棄地区は単に放棄されているというより、植民地といったほうが近いようだ。

……船員区の住民は放棄地区の１％しかいないのだから、そんなに沢山の資源や食料はいらないような気もするが……もしかしたら『熾星霊』にでも食わせているのかもしれないな。

船員区へ向かう食料の中に探知できるようなものを紛れ込ませるというのも面白そうだが、居場所がバレる可能性があるので、やるとしても少し様子を見た後にすべきだろうか。


「それだけ人数差があるのに、放棄地区の人たちは大人しくしてるの？」

「たとえばイリス１００人を相手に、一般人１万人で挑みたいと思うであるか？」

「……イリス１人が相手でも無謀だと思うよ」

「そういうことであるな。負けるのが分かっておるから、最初から挑まぬ」

……船員区の30万人が全員イリスみたいな強さだったら、確かにだいぶ絶望感があるな。

『母船』はおろか、船員区も正面から敵に回したくないところだ。


とはいえ、おそらくミョルはイリスの強さを完全には知らない。

ドラゴンの姿のイリスはほとんど戦っていなかったし、人間の姿のイリスがちゃんと戦うところも、ほとんど見ていないはずだからな。


しかし、ミョルの強さはある程度分かる。

彼女たちは魔力災害の法獣を相手に、おそらく全力の火力を発揮していた。

ミョルの強さを基準にすれば、船員区の強さもある程度は推測がつくだろう。


「ちなみにミョルは、船員区の中だとどのくらいの強さだったんだ？」

「普通……よりは結構強かったが、最強ではなかったであるな。初期教育所の卒業時は、100人中3位であった」


ミョルで上位3％か。

それだと、イリスが30万人いるのに比べれば絶望感はないな。

まあ、ミョルが魔力災害の法獣を焼き払うのに使った法術を一度使うだけで、法術を使えない人間は何百人と倒せてしまうはずだ。

非戦闘員からすれば、脅威であることに変わりはない。

支配体制を維持するには、十分な戦力といえるのかもしれないな。

「まあ、正面から戦えるかどうかは一旦(いったん)置いておくとして、隠れながら忍び込む手だってある。そのあたりは後で考えよう」

「……船員区の監視態勢は、なかなか厳しきものがあるが……マティアス達のマホウは便利であるゆえ、不可能とは言えぬやもしれぬな」

とりあえず、これで情報不足の問題に関しては打つ手が決まったな。

どうやって『母船』を倒すべきかに関しても、情報が集まるうちに分かってくるだろう。

敵は途方もなく巨大だが……体内に潜り込むことには成功したのだから、倒せる方法は何かしらありそうなものだ。

少なくとも、真正面から魔法や『理外の術』を打ち合うよりはずっと望みがあるだろう。

そう考えたところで俺は、自分たちがこの『母船』で使われる通貨を持っていないことに気がついた。

調査をするにしても、一文無しというのはなかなか厳しい。

「そういえば、この街ではどんな通貨が使われてるんだ？」

「この『法貨』であるな」

そう言ってミョルが、小さな金属の硬貨を差し出した。

よく見ると硬貨の中心付近には、わずかに魔力の歪み（ゆが）がある。

金属自体はおそらく、ただの粗悪な鉄だな。

「なるほど、『法力』が入ってるのか」

「うむ。量としてはごくわずかであるがな」

……法力入りとなると、偽造は難しそうだな。

『理外の剣』などの中身を削って少しだけ封入して偽造するような手も思いつかないではない

が、法力にも色々と種類があるようだし、そもそも『理外の剣』みたいな法力の塊を取り出したら一発で場所がバレてしまう。

敵地潜入では通貨偽造はよくある手の一つなのだが、今回は難しそうだ。

「……金貨とか銀貨とかはないの？」

「金や銀など、使い道があらざるよ。誰も受け取りたがらぬであろうな」

アルマの言葉を聞いて、ミョルが首を横に振った。

どうやら俺達の星の通貨を鋳潰したりして売るのも難しそうだ。

ミスリルなどの強力な魔法金属なら単純に素材として優秀なので、うまく実用性を分かってもらえれば高く売れるかもしれないが……今度は出どころを探られる可能性があるので、できれば避けたいところだ。

もし街の人々が味方だとしても、ミスリルなどが少しでも街の外に流出すれば、この星に魔法星人が潜伏していることが明らかになってしまう。

そう考えると、普通の手段で稼いだほうがいいだろう。

ここは敵地であり、敵の背中の上でもあるが……沢山の人が住んでいる、街の一つでもある。

探せば、何かしらの仕事はあるだろう。

実際に現地の人々に混じって働くのは情報収集にもなるので、一石二鳥だ。


「これを稼ぐ方法はあるか？」

「稼がずとも、活動資金は我が提供するぞ」


そう言ってミョルが、部屋の隅にあった金庫の鍵（かぎ）を開ける。

金庫の中は……空っぽだった。


「あれ？　なぜ何もあらざる……？」

「……もしかして、盗まれたか？」


俺の言葉を聞いて、ミョルが腕を組んで考え込む。

そして、思い出したように頷（うなず）いた。


「最後に船の動力が足りぬことに気付いて、全部鋳潰したのを忘れておった」

「つまり……？」

「我も一文無しであるな。母星に戻れぬと思っておったゆえ、問題ないと思っていたが……」

あの宇宙船は、ミョルの全財産で動いていたのか……。

もしかしたら動力部だけでも取り外して、持ってくるべきだったかもしれないな。

まあ、鋳潰した法貨があっても、もとの法貨に戻せたかどうかは分からないが。

「……まあ、我には売れる財産がいくつかある。売ってくるとしよう」

「稼げる場所はないのか？」

「我の財産が売れるのを待ってくれれば、それを譲り渡すであるぞ。家も売り払って狭い場所へ引っ越せば……」

「調査のついでに、自分たちで稼ぎたいんだ」

どうやらミョルは家を売って俺達の活動資金にするつもりのようだが、それは申し訳ない。

それに、どうせ金を稼ぐのは『母船』の状況を調べるついでだ。

「……マティアス達の力なら、法獣買取所を使うのが一番いいであろう。ひたすら法獣を倒し、買取所に運ぶだけである」

「俺達に向いてそうな仕事だな」

「普通、法獣狩りは危険な仕事ゆえ、避けたがるものであるが……マティアス達の実力を見た後だと、ここの法獣にやられる気はせぬな」


法獣狩りを避けたがる……か。

冒険者みたいなものだと考えると、子供がみんな一度は目指す仕事といった感じもするが……ここだと事情が違うのだろうか。


「ボクたち、自分の星でも法獣狩りみたいなことばっかりやってたからね」

「人と関(かか)わる機会が少ないのは調査としてはマイナスだが、慣れない仕事よりはいいかもしれない」


買取所という名前ではあるものの、話を聞いた感じだと、ギルドの冒険者と何もやっていることが変わらない。

違う星に来たというのに、王国にいた頃と似たような生活をするのは、少しだけ不思議な気持ちだな。

「法獣を買い取ってもらうためには試験を受ける必要もあったかもしれぬ。倒す前にいちど買取所へ行って、話を通しておいたほうがよいであろう」

試験か。

そういえばギルドでも、登録するのに試験があったりしたな。
名前以外は、まるっきり冒険者ギルドだ。

「ああ、それと忘れておった。マティアスとルリイ、それとアルマの武器は、見られぬように隠しておいたほうがよい」
「……法獣を狩るのに、武器を見られるとまずいのか？」

まあ治安がいい街であれば、武器を出したまま歩かないほうがいいというのは分かる。
前世の時代だと、国や街によっては、武器を他人から見えるように携帯することが禁止されていたこともあったな。
しかし……そういう場所だとしても、イリスだけ例外なのが気になるな。

「刃物は専売品なのだ。船員区の刻印なき刃物の所持および製造は死罪となるゆえ、見られぬほうがよいな。弓矢も同様だ。特にルリイの剣は奇特な外見ゆえ、専売品でないことが簡単に分かってしまう」

なるほど、刃がついてるからダメってことか。
イリスの槍は、槍というよりただの杭で、刃がついていないから大丈夫というわけだ。
確かにルリイの剣は付与魔法がないと使い物にならないほど薄いので、簡単にバレることになりそうだな。

「実際に取り締まられるのか？」

話を聞いた感じだと、『専売制』は船員区の人々が勝手に決めたものなので、街の人々が従う義理はないような気もする。
街の人々も、あまり『船員区』に対していい印象を抱いていないようだし、そんなに密告などされるものなのだろうか。

「正直なところ……街中ではあまり気にせぬ者が多いかもしれぬな。いちいち武器を確認されることなどあらざるし、むしろ船員区に表立って反発する勇気を称えられるやもしれぬ。専売制には反発が強いであるからな」

「やっぱりか」

やはり街中ではあまり取り締まられないようだ。

しかし、それでも武器を隠したほうがいいと言うあたり、やはり理由があるのだろうか。

そう考えていると、ミヨルが口を開いた。

「まあ街中では、よほど運が悪くない限りは問題がないが……『買取所』だけは別である。あそこは船員区の直営であるゆえ、いつ取り締まられるか分からぬ」

「……なるほど」

街中ならいいが、買取所ではダメだというわけか。

買取所に入る前に収納する手もあるが……さすがに街中で魔法を使うわけにはいかない。

刃物を持っていないはずなのに剣で倒した法獣を持ち込むのも怪しいし、最初から剣は使わないのが一番だろう。

「『買取所』は敵地と考えたほうがいいのか？」

「難しいであるな。確かに運営元は『船員区』であるが、中で働くのは『放棄区域』の同胞である。……彼らは規則を破れぬよう『法力』で縛られておるが、規則にさえ違反せねば味方……とまでは言えるか分からぬが、害はないと考えてよいであろう」


なるほど、契約魔法みたいなものか。

法力にも色々と便利な使い方があるようだな。

ミョル達は法力を『殺すためだけの力だ』と言っていたが、船員区の技術があれば話が変わってくるのかもしれない。


「分かった。……剣は収納しておこう」

「お願いします」


俺はそう言葉を交わして、ルリイと自分の剣を魔法に収納する。

いざとなった時には収納魔法から出すかもしれないが、今はとりあえず面倒ごとを避けるためにしまっておこう。

「でも、武器なしでどうやって戦ったらいいんでしょうか……？　炎魔法とかもバレちゃいますよね？」

「身体強化を使って殴りつければ、あのくらいの法獣は倒せそうだが……一応、鈍器があったほうがいいか。長めのほうが戦いやすそうだな」

「長めの鈍器……ワタシみたいなやつですか⁉」

……確かにイリスの武器は、長くて強力な武器だな。

振り回せればの話だが。

「あの重さだと、俺達には扱いにくい。中は中空にして、長細い棒みたいな感じにしてくれ」

「了解です！」

そう言ってルリイが、加工魔法で鉄を伸ばしていく。

ミスリルなどを使ったほうが軽くて頑丈になるが、材質で怪しまれたくないので普通の鉄を使う。

難しい加工などはないので、1分と経たずに3本の棒が完成した。

長さはちょうど俺達の身長と同じくらいだ。

イリスの槍に比べるとだいぶ細いが、俺達の腕力ならこのくらいのほうが扱いやすいだろう。

「相変わらず、ルリイの加工マホウは凄まじいであるな……。しかし『母船』で作られたものとしては、造りがちゃんとしすぎている気がするである」

「ちゃんと……ですか？」

ミョルの言葉を聞いて、ルリイが首をかしげる。

まさかちゃんとした造りであることを理由に、ダメ出しを受けるとは思っていなかったのだろう。

「太さが均一で、ちゃんとした円形であろう？　こんなきれいな武器は、中々あらざるよ」

「……こんな感じですか？」

そう言ってルリイが金属棒に手を当てると、棒のあちこちが歪み、ところどころが錆び始めた。

なんだか、そのへんで拾ってきた廃材みたいな感じだ。

「そうそう。まさにそんな感じである！　放棄地区の法獣狩りはこんな感じである！」

どうやらこれでいいらしい。

……法獣狩りが冒険者と違って憧れの対象ではない理由が、少し分かったかもしれない。

そういう意味だと、イリスの武器は少し怪しまれそうな気もするが……まあ専売品でもないので、このままでいいだろう。

イリスにこんな槍を持たせようものなら、戦うどころか強く握っただけで壊しかねないしな。

金属製の槍を握り潰す人間に比べれば、ちょっと造りがよくて重い槍を持っている人間のほうが、ずっと自然だ。

「……武器は大丈夫そうだけど、よそ者だからって怪しまれたりしないかな？」

「放棄地区の住民には戸籍などなきゆえ、黙っておけばまず怪しまれぬよ。怪しまれるのは、法力が多き者くらいである」

黙っておけば……か。

会話とかでボロを出さないように、気をつける必要はありそうだな。

「ふがいなき元区長で申し訳あらざるな。『法力結晶』の処理から母星への帰還まで助けてもらったというに、活動資金すら出すことができぬとは……」

「気にしないでくれ。ちょうど道案内が必要だったところだからな」

「……せめて住む場所くらいは提供させてくれ。我の家は必要以上に広きゆえ、4人でも狭くあらざるよ」

「お言葉に甘えよう。住む場所があるのは助かる」

俺達はそう言葉を交わして、ミヨルの家を後にした。

◇

それから少し後。

俺達は、『法獣買取所』のある中心街へと来ていた。

俺達の言葉で言うと『魔物買取所』だな。

『けっこう人が多いんだね』

『……俺達にとっては好都合だな。潜り込んででも分かりにくい』

『確かに……』


中心街の道は狭く、混雑していた。

背の高い建物が多いだけあって、住んでいる人数も多いのだろう。


「そこの兄ちゃん、どうだい！　母船ボアの胃の煮込み、3杯1法貨だ！」

「母船キャトルの小腸焼き、500グラム1法貨だよ！」

周囲の店の店主たちが、街を歩く人々にそう声をかけている。

どうやら1法貨はそれなりの金額らしく、お釣りが出せないのは量のほうで調整しているようだ。


『内臓料理ばっかりですね……』

『……そうみたいだな』

『普通のお肉は売ってないのかな？』

『でも、キャトルって言ってました！　美味しい魔物です！』


俺達はそう話しながら、街の中を歩いていく。

すると、周囲の何倍も大きな建物が見えてきた。

建物には『法獣買取所』と書かれている。


しかし俺が気になったのは、買取所の地下だ。

建物の地下から、強い魔力の歪み――法力を感じる。


街中でも、あちこちにごく小規模な法力はあるものの……ミョルに比べても1000分の1以下といった規模のものがほとんどだ。

だが地下の法力は、ミョルよりはるかに大きかった。

……『船員区』の直営というだけあって、法力は豊富なようだな。


『地下から強い『法力』を感じるな』

『それと、ちょっと寒い気がします』

俺達は外から来たのがバレないよう、通信魔法で話しながら歩いていく。

すると……法獣買取所に近付くにつれて、気温が下がっていくのが分かった。

魔法の知られていない世界で、これだけの気温差を作り出すとなると……やはり法力の仕業だろうか。

もしかしたら地下の巨大な法力は、そのためにあるのかもしれない。


そう考えながら俺は、法獣買取所へと入る。

すると、そこには沢山の買取窓口が並んでいた。

受付には、外の人々よりはるかに厚着をした女性たちが立っている。

ギルド風に言うと『受付嬢』になりそうだが、ここだとなんと呼ぶのだろう。

ちょうど窓口の一つに、法獣を持った男が来たようだ。

俺は買取の様子を探るべく、その様子を眺める。


「これを頼む」

そう言って男が、買取用の机の上に法獣を置く。

重さ1キロもなさそうな感じの、アナグマの法獣だな。

どうやら鈍器で殴り殺したようで、首が派手に折れている。

内臓は取ってあるようで、腹には切ったような跡があるな。


「はい」


そう言って受付の女性は、法獣を手元の穴に放り込んだ。

俺は受動探知で、法獣の魔石の魔力反応を追う。

すると……法獣は地下深くへと落ちていき、30メートルほどの深さの場所で止まった。

穴の縁が凍りついているあたりを見ると……下は法力を使った、巨大な冷凍室みたいな感じになっているのかもしれないな。

法獣が穴に入ってから5秒ほど経って、窓口の傍(かたわ)らにあった黒い板に『1・26』という文字が表示される。

受付の女性はその板を見て口を開く。

「1法貨と26ポイントですね。カードはありますか？」

「ああ」

そう言って男がカードを差し出すと、受付嬢はカードに何かを書き込み、男に法貨を1枚手渡した。

どうやら依頼書などはなく、査定はあの黒い板によって自動で行われるようだ。

魔道具ではなさそうなので仕組みまでは分からないが、なかなか便利なようだな。

「またの買取をお待ちしております」

そう言って受付嬢は、買取に来た男を見送った。

俺達の星のギルドと比べると、だいぶ事務的な感じだな。

よそ者であることがバレにくいという意味では、ありがたいところもあるかもしれない。

情報収集としては色々と話せたほうがいいので、その点では一長一短だが。

ポイントというのは聞き慣れない単語だが、『1・26』という表示で26ポイントついたあたり、おそらくは1法貨未満の端数をカードに記録しているのだろう。
100ポイント貯まると1法貨もらえるというわけだな。
などと考えていると、後ろから声をかけられた。

「そこの君たち、新人か?」

声をかけてきたのは、30代くらいの男だ。
新人扱いというのは都合がいいな。
少しくらいものを知らなくても、『新人だから』で済みそうだ。

「ああ。実は初めて法獣を狩るんだが、勝手が分からなくてな」
「やっぱり初めてだったか。それなりにベテランっぽい歳に見えるが、動きが新人っぽいんで気になったんだ」

俺達が『ベテランっぽい歳』か。
どうやらここでは、子供のうちから『法獣狩り』になる人間が多いようだ。
などと考えていると、ルリイが通信魔法で話し始めた。

『この人、魔力がありますね』

ルリイが言う通り、この男には魔力がある。

しかも、俺たちの世界の基準でいうと、かなり魔力量は多い。

『ああ。逆に『法力』はないみたいだ』

『無法力病の人ってことですか……法力がなくても魔力があるなら、魔法で戦えそうな気がしますけど……』

『魔力の使い方が、ここだと広まっていないのかもしれない。それと……紋章がないのも気になるな』

俺達の星に、紋章がない人間などいない。

だから紋章がない人間に魔力があったところで、使えるのかは分からない。

まあ、イリスも紋章がないといえばないので、使えるような気がするが……それは『母船』の人々——ミヨ族の魔力回路の造りなどにもよるかもしれないな。

外から見た感じ、魔力回路がないわけではなさそうだが、俺達の星の人間とは少し違う構造にも見えるし。

などと通信魔法で話しながら、俺は男との会話を続ける。

「どうやったら法獣を売れるのか、聞ける場所はあるか？」

「ああ、それなら俺が教えるぜ。……この板、『法獣狩り講習係　アイク』って書いてあるんだが……文字は読めるか？　ちなみにアイクは俺の名前だ」

そう言って男は、『法獣狩り講習係』と書かれた板をポケットから取り出し、首からさげる。

……俺達の歳で、文字が読めるか聞かれるのか。

どうやらエイス王国とは、だいぶ文化が違うようだ。

俺は街に潜入するにあたって、翻訳しているのがバレないよう、音声転送魔法などを組み合わせて通訳魔法を作った。

ルリイ達も口の動きなどに微妙な不自然さはあるかもしれないが、言われなければ気付かれないレベルの精度だ。

だが俺もミョ語を完全に習得したわけではないので、分からない単語は結局訳せない。

識字率が低いのは、そういった時にバレにくいという意味でありがたいな。

「簡単なのは読めるが、難しいのは無理だ」

「おお、簡単なのが読めるだけ上出来だな」

どうやらこの放棄区域では、あまり識字率は高くないようだな。

法獣狩りの歳の話と合わせると、子供のうちから勉強をする暇もなく法獣を狩るのが普通なのかもしれない。

「まあ、文字を読まなきゃいけないような難しい話はないから安心してくれ。簡単に言ってしまえば、ここの窓口は、法獣を持ってくると買い取ってくれる。それだけだ」

本当に簡単だな。

買取所という名前の通りだ。

「法獣の種類は何でもいいのか？」

「ああ。法獣によって値段が違うみたいだが……実際にいくらで買い取るかは、なんかすごい法力装置が勝手に決めるから分からない。ただ、強い法獣ほど高いと覚えておけばいい」

やはり値段の査定は自動なのか。

たった5秒で値段が決まってしまうあたり、俺達の星より進んだ技術とも言えるかもしれない。

まあ、俺達の星であっても、計算系の魔道具と測定系の魔道具を組み合わせて、作れなくもないような気がするが……少なくともギルドでは、そんなものは使われていなかったな。

「倒した法獣は、なんの処理もせず持ってきていいのか？」

「査定って意味では問題ないな。ただ、内臓は自分で食う用に取ったほうがいいと思うぞ。丸のまま売るのと、買取価格は変わらないみたいだからな。……ちなみに刃物を持ってない場合は、尖った石を解体用に持っておくのがおすすめだ。専売品なのは金属製の刃物だけだからな」

どうやら内臓の有無は、値段に関係ないようだ。

普通の肉の部分だけで値段を決めているということだろうか。

街で売っている肉が内臓系ばかりだった理由が分かったような気がするな。

買取所で売れるものは全部売ってしまって、値段がつかない部分を食べたほうがいいというわけだ。

……まさか尖った石を刃物代わりにするハメになるとは思わなかったが、刃物は専売制のせいで高価なようなので、仕方がないのかもしれない。

「さっきの買取で、ポイントがどうとかって話してるのを聞いたんだが……」

「ああ、1法貨に足りない金額を、こういうカードに入れておくんだよ。全員1枚ずつ持っておくといい」

そう言ってアイクは、俺達にカードを配る。

カードには名前も書いておらず、ランクがどうとかの情報もない。

ギルドカードと比べると、ずいぶんと情報が少ない印象だ。

「このカード、名前とか書いたほうがいいのか？」

「あー……落とした時のために名前を書いてるやつもいるが、あんまり意味ないぞ。落としたり盗まれたりしないように気をつけるのが一番だ」

本当にただ、ポイントを記録するためのカードのようだ。

盗まれることもあるようなので、気をつける必要がありそうだな。

「そのカードさえあれば、買取には何の問題もない。すぐにでも法獣狩りに出かけられる。……とはいえ、生き残るには知識が必要になる。そこで俺の出番ってわけだ」

どうやら、ここからが説明の本番みたいだな。

今までの説明は前置きだったようだ。

「とりあえず、ちょっと外の訓練場に出ようか。ここじゃ寒いからな」

「分かった」

「了解！」

俺達はそう言って、アイクについていく。

ギルドと同じで、ちゃんと訓練場もあるんだな。

「……ずいぶんと筋がいいんだな。まるで歴戦の法獣狩りを見てるみたいだ」


それから少し後。

俺達が棒を素振りするのを見て、アイクはそう言って頷いた。


「そ、そうですか？」

「棒で戦うのは初めてなんだけど……」

「確かに、武器の扱いはそんなに慣れている感じがしないが……足さばきや身のこなしが素晴らしい。今まで何か戦闘術を学んでいたのか？」


どうやらアイクは、なかなか戦闘を分かっているようだな。

彼の言う通り、たとえ武器自体が初めて持つものであっても、戦闘に共通する身のこなしができていると、それなりに扱えることが多い。

ルリイ達3人はそのあたりもしっかりと基礎鍛錬を積んでいるので、実戦だけで戦い方を身につけてきた人間とは、だいぶ戦い方も違うだろうな。

もしかしたら初心者らしく、もっと洗練されていない動きをしたほうがいいのかもしれないが……それはそれで一種の高等技術だ。

変に手加減をしようとすると、逆に不自然な動きになってしまう。

本当に戦うべき時に変なくせがついてもいけないし、余計なことはしないほうがいいだろう。

「あ、ちょっとだけ習ってました！」

「武器は使ってないんだけど、戦闘術みたいなのを少し……」

ルリイとアルマが、そう答える。

この動きで何も教わっていないというのも不自然なので、いいごまかしだな。

「なるほど、それで動きがしっかりしているんだな。……棒もいいが、君は剣、そっちの君は弓が向いていそうに見える。そんな感じの動きの雰囲気だ」

アイクの言葉を聞いて、ルリイとアルマが顔を見合わせる。

ここまで一発で言い当てられるとは……なかなか歴戦の教官なのかもしれない。

確かに、戦い慣れた魔法戦闘師などがルリイやアルマを見れば、動きだけで使っている武器を言い当てるだろうが……エイス王国などだと、それができる人間は少なそうだった印象だ。


『すごいね……簡単にここまで当てられちゃうんだ』

『どうしましょう……弓とか剣を使ってるってバレちゃダメなんですよね？』


ルリイとアルマが、通信魔法でそう話し始める。

確かに、武器の話はバレるとよくないな。

とぼけておくか。


「剣とか弓とか、手に入るものなのか？」

「いや、普通は無理だな。戦いに使えるようなデカいのとなると……一生かけて金を貯める覚悟が必要になる」


……一生、か。

鈍器以外の武器は専売品だと聞いていたが、やはり高価なようだ。

「ちなみに、マティ君はなんの武器が向いてそうに見えますか？」

ルリイ達の武器の話題を打ち切るべく、ルリイがそう尋ねた。

俺の武器に関してはかなりごまかしが効くので、話題をこちらに持ってきたのはいい判断だな。

俺は『法獣狩りの新人』を装うべく、わざと動きをあまり洗練されていない感じにしていたので、武器は読まれにくそうだ。

「……難しい質問だな。そんなに訓練を積んでいる感じはしないが、初心者の割には妙に安定していて、目立った欠点がない印象だ。逆に珍しいタイプかもしれない」

満点の回答だな。

手を抜いていることを見抜けなければ、俺も同じような答え方をするだろう。

そう考えていると、アイクが口を開いた。

「さて……今まで武器の話をしたが、ここまでの話は全部どうでもいいんだ」

「……どうでもいい？」

「ああ。武器の上手い下手なんて、生き残れるかどうかには関係ないからな」

どうやら本番の話題はここからのようだ。

俺がほしかったのは、こういった『母船』特有の知識だからな。

「生き残るには、どうすればいいんだ？」

「とにかく弱い法獣……自分が勝てる相手だけ選ぶことだ。これができれば弱くても生き残れるし、できなければどんなに強い奴でも死んでいく」

戦略としては合理的だな。

まあ魔法戦闘師としては、ギリギリの戦いを繰り返してこそ成長する……といった考え方もあるのだが、日々を生き残るための仕事という意味では正解だろう。

特に、刃物も弓も魔法も使えないという条件では、そのほうが死なない立ち回りなのは確かだ。

もちろん俺達はいざとなれば魔法を使えるので、強い魔物に遭遇しても死ぬ確率は低い。

というかイリスは普段と変わらない戦いをできるのだから、ほとんどの魔物はイリスだけでも倒せてしまうだろう。

とはいえ、こういった情報は一般の『法獣狩り』に溶け込むのに役に立つ。

法獣狩りがどういう生活をしているのかが分からないと、『法獣狩り』のふりもできないからな。

「どうやって、勝てる相手を探せばいいんだ？」

「いい質問だ。この地図を見てくれ」

そう言ってアイクが、訓練所の端に貼られた大きな地図を指す。

そこには町を中心として、青く塗られたエリアと赤く塗られたエリア、そして色のついていない白いエリアがあった。

俺達が魔法宇宙船を埋めた場所は、赤いエリアだな。

「新人には、この地図の青い範囲から出ないことを薦める。強い魔物と遭遇しにくいからな」

……確かにここに来る途中でも、地図の青い範囲からは急に魔物が減ったような実感はあったな。

おそらく何らかの理由で、魔力災害によって生まれた魔物が立ち入りにくいのが、このエリアだ。

本来であれば、魔力災害から生まれた魔物は街の周囲を避けたりせず、むしろ積極的に街を襲いにかかったりするようなものなのだが……『法力』などという得体の知れない力が関わっているとなると、だいぶ話が変わってくるだろう。

しかし、魔力災害産の魔物が減ることによって、問題も発生する。

魔物の数が、あまりに少なくなってしまうのだ。

ただでさえ街の周囲などという場所は魔物が発生しにくい環境になるのに、そこに『魔物狩り』が沢山いたりしたら、深刻な獲物不足が発生してしまう。

いくら安全がほしいからと言って、魔物がいない場所を何時間彷徨ってもなんの意味もないだろう。

それとも、なにか法獣を見つけるコツでもあるのだろうか。

受動探知を使えば簡単だろうが、魔法はここでは普及していないはずだ。

「こんな街から近い場所で、獲物がいるのか？」

「……いや、ほとんどいないな。だが、根気よく探すんだ。忍耐力が大切になる」

どうやら便利な手段はないようだ。

法獣狩りというのが、安全な場所に閉じこもってはぐれた弱い法獣を探す仕事だとしたら……憧れる人間が少ないのも、すごく納得がいくな。

『……『受動探知』でズルできないかな？』

『見つけた後、わざと気付いていないふりをしながら歩き回ってみるとか……？』

『いっぱい倒して1匹だけ持って帰って、残りは全部食べちゃうのはどうでしょうか！』

どうやらアルマ達3人は、彼が言っていることをそのままやるのはあまりに耐え難いと思ったようだ。

通信魔法の中で、気付かれずにズルをする方法の相談が始まってしまった。

しかし……俺も彼女たちに同意せざるを得ない。

弱い魔物を探し回って1日を無駄にするよりは、なにか他のことをしたほうが有益だろう。

「今、退屈な仕事だと思っただろう？」

「……ああ。さっき『新人には』青い範囲から出ないことを薦めるって言ってたが……後で出る前提なのか？」

「いや、正直なところ、俺は出ないことを薦めるな。俺自身、ほとんど出たことはないんだ」

……アイクも出たことがないのか。

だが、言われてみれば確かに納得がいく。

アイクの身のこなしは、あまり戦闘経験が豊富そうには見えなかったからだ。

おそらく自分で戦うのは苦手だが、観察眼だけが異常にいいパターンだな。

前世の時代にも、こういったタイプの魔法戦闘師が何人かいたという話は聞いたことがある。

特に、魔法戦闘師志望を教えるような立場に多かったらしい。

「……まあ、白いエリアに出ていく奴は多い。というかほとんどの法獣狩りはそうする。だが、あいつらは全員死んで……俺だけが生き残ったんだ」

「そんなに危険なのか？」

「1日だけなら、死なない可能性のほうがずっと高いさ。1年生き残る奴も別に珍しくはない。……だが5年もすれば生き残ってる奴は半分になって、10年もすればさらに半分だ。気付けばみんないなくなってる」


なるほど、それで外へ出るのは薦めないというわけか。

確かに、生き残るという意味では正解なのかもしれないな。


「まあ、どうしても飯を食う金がない時には、1日だけ白い場所に出るのも選択肢ではある。だが……基本的には青いエリアで頑張ったほうがいい。ちょっとコツがあってな、そのコツさえ守れば、ギリギリ飯くらいは食えるはずだ」

「コツ？」

「ああ。倒せる法獣を1匹見つけたら、その日のうちに同じ場所に行って、同じ法獣を探すんだ。そして暗くなったら帰って、また次の日も同じ場所に行く。……これを、丸一日探して法獣が見つからなくなるまで繰り返すんだ」

「……法獣を倒した後の場所に行っても、何もいないんじゃないですか？」

「そう思うだろう？　……だが法獣にとって暮らしやすい場所は、意外と決まってるみたいなんだ。だから1匹狩って法獣がいなくなると同じ縄張りに法獣が入り込んで、入れ食い状態になったりする。こういう時に稼いだ分を大事にとっておいて、次のチャンスまで食いつなぐ」

……やはり観察眼を活かしたスタイルだな。

彼が言う通り、魔物が好む条件はある程度限定されていて、同じ場所で何度も魔物が見つかるケースは少なくない。

アイクがこの歳まで生き残れたのは、そうやって危険を冒さずに戦ってきたからかもしれないな。

「ありがとう。参考にするよ」

「ああ。……まあ全部守ってくれるなんて期待はしてないが、たまに思い出してくれると嬉しいな。白いエリアに入る頻度を減らすだけでも、だいぶ生き残りやすくなるはずだ」

どうやら彼も、俺達が聞いた話のすべてを守るとは思っていないようだ。

おそらく、今までに教わった法獣狩りたちも、彼の言う事を聞かずに死んでいった者が多いのだろう。

まあ、彼のやり方はかなり観察眼に頼っている気がするので、他の人がやると魔物をまったく見つけられずに飢え死にしてしまうような気もする。

そして飢え死にするよりはマシだということで危険な場所に出て、返り討ちにあいやすいというわけだ。

魔法か法力が使えれば、戦うのも逃げるのもだいぶ楽になるのだろうが……ここでは両方とも普及していないみたいだしな。

などと考えつつ俺は、アイクに質問をする。

「ところで、戦う相手の法獣はどう選んだらいいんだ？」

どうでもいい質問に見えて、実は重要なところだ。

魔力反応を見た限り、青いエリアでも白いエリアでも、魔物は強いものから弱いものまで色々といる。

普段の感覚で適当に狩ると、新人法獣狩りの中で浮いてしまう可能性があるのだ。

「……これもまた、いい質問だな。簡単な基準がある。……素手で殴って勝てそうな法獣を選ぶんだ」

「棒を持ってるのにか？」

「ああ。もちろん武器は使うんだが、武器を持ってることは一旦忘れたほうがいい。法獣ってやつは小さくても意外と強い。素手で殴って倒せそうだと思える法獣を相手に、武器を持って戦うくらいでちょうどいいんだ」

また極端な安全志向だな……。

しかし、分かりやすい基準としては使いやすそうだ。

素手で倒せそうな法獣だけ倒して、それ以外はスルーすることにしよう。

もちろん、イリス基準ではない。

俺とかが身体強化を使わずに素手で倒せそうな奴だけ倒すのだ。

「分かった。素手で倒せそうな奴だけ相手にすることにしよう」

「ああ。それがいい」

俺の言葉を聞いて、アイクが満足げに頷いた。

良い基準を聞いたな。

「ちなみに、素手で勝てなさそうな法獣を見つけたらどうすればいいんだ？」

「その場合は、気付かれないように逃げるしかないな。もし気付かれたら……ギリギリ倒せそうな法獣なら、なんとか戦う。無理そうだったら別々の方向に逃げるんだ。そうすれば４人のうち３人は助かる。間違っても戦おうなんて思うなよ」


一人を犠牲にするってことか。

確かに、作戦としては極めて合理的だな。

勝てない相手に無理な戦いを挑むより、一人がおとりになっている間に逃げたほうが、生存率は高まるだろう。


「ありがとう。参考になった」

「いや、役に立てたなら何よりだ。……他になにか気になることはあるか？」

そう言ってアイクが、俺達の顔を見回す。

だが、誰も口を開かなかった。

講習が終わる感じなので、一応最後に確認しておくか。

「講習料とかは払わなくていいのか？」

「ああ、問題ないぞ。新人は金なんて持ってないことが多いし、『組合』の新人指導はタダだって決まってるんだ」

「……組合？」

気になる単語が出たな。

この『母船』の中にある組織の話だとすれば、今までに出た話の中でも一番重要かもしれない。

でかい組織を味方につけられれば、『母船』を倒すとき役に立つかもしれない。

「法獣狩り組合だ。俺が所属してるのはこの放棄地区の支部だが、他の地区とも連絡を取って魔物狩りのサポートとかをしてる」

……この地区だけの組織ではないのか。

なおさら重要そうだな。

情報集めにも役立ちそうだ。

「俺達も入ったほうがいいのか？」

「入ってくれると嬉しいが、まずは自分の生活を安定させるのを優先したほうがいい。入っても大した特典はないし、会費も高い。会員なんて魔物狩りの1割もいないさ」


1割もいないのか。

どうやら、あまりメジャーな組織ではないらしい。

まあ、すべての放棄地域を合わせれば何人の法獣狩りがいるのか分かったものではないので、1割でもかなりの人数ではありそうだが。


「まあ、特典らしい特典は、組合の治療院に入れることくらいだな」

「……いい治療が受けられるのか？」

「もちろん無理だ。放棄地域でそんなことができる訳もないしな。……まあ誰かに看取ってはもらえるから、一人では死なずに済むな」


放棄地域の医療事情は、かなりひどいようだな。

治療魔法もなければ法力もないのでは、無理もないか。

『放棄』地域というだけあって、あまりいい環境ではなさそうだ。

そして彼の言葉が本当だとしたら、治療院は病気や怪我(けが)の治療施設というより、死ぬ人を看取る施設のようだ。

「……アイクは、何でそんな組織に入ってるんだ？」

「恩返しだよ。俺も先輩からタダで指導してもらって、おかげで今まで生き残れたんだ」

なるほど、彼の新人時代にもこういった指導があったのか。

会員ではない人間にまで無料指導を行うとなると……組合というのは、一種の奉仕組織なのかもしれない。

会費が高いのは、そういった活動の資金を自分たちで出しているということなのだろう。

「ありがたい組織なんだな。余裕が出たら入らせてもらうことにしよう」

「おう。それまで生き残ってくれよ」

俺達は、そう言葉を交わして訓練場を後にした。

早速、法獣……魔物を狩りに行くか。

◇

それから30分ほど後。

俺達はアイクの言いつけを守り、地図に青く表示されていたエリアに来ていた。

目で見える範囲には魔物などいなさそうだが……『受動探知』には結構な数の反応があるな。

ネズミやウサギなどといったほぼ無害なレベルの魔物から、体重1トンを超えるであろう牛や熊の魔物まで色々いる。

流石に青いエリアだけあって、熊などの魔物は少ないが……受動探知を使えない場合、偶然遭遇する可能性はゼロとも言えない。

比較的安全な場所でさえこれなのだから、白いエリアまで出る法獣狩りの生存率が低いのも納得がいくな。

『さて、魔物は結構いるみたいだが……何を狩ろうか？』

俺は魔力探知を使いながら、通信魔法でそう話す。

会話の内容を盗み聞きされたりすると危ないので、基本的には通信魔法を使うスタイルだ。

さらに俺は、普段から使っている受動探知に加えて、聴覚強化魔法を併用している。

魔力のない人間の接近に気がつくためだ。


街の中を歩いていた感じだと、魔力がある人間とない人間の割合は、だいたい半々といったところだった。

若い人間ほど魔力がある人間の割合が多く、40代後半あたりからは、魔力のある人間がいなくなる。


このあたりの特徴は、ミヨルから聞いた『無法力病』と一致している。

法力がない人間には、代わりに魔力がある……という可能性が高そうだ。

この『母船』自体、俺達の星より魔力が多い場所なのだから、魔力を持っている人間がいることに不思議はない。


それに、ありがたいことに魔力のある人間なら簡単に探知できるので、気付かれずに近付かれる可能性が低いのだ。

逆に魔力がない人間は、探知魔法では気が付きにくいので、聴覚強化魔法などで探している。

ここから少し離れた場所にも、何人か魔力のない人間がいるようだが……今のところ近付いてくる様子はないな。

おそらく、他の『法獣狩り』とかだろう

『素手で倒せるやつがいいって話だったよね？』

『じゃあ、なんとかキャトルみたいなやつがいいです！』


……イリスから、なんとなく予想していた答えが出てきた。

確かに彼女が思い切り殴れば、牛だろうと熊だろうと一撃で倒せてしまうだろう。

しかし、アイクが言っていたのは、そういう話ではないはずだ。

『イリス、あの人が言ってたのは、イリスじゃなくて人間が殴って倒せる魔物ってことだと思うよ……』

『ああ。人間基準で頼む。しかも身体強化なしでな。……まあ安全にいくなら、イノシシ系の魔物くらいがいいんじゃないか？』

イノシシの魔物の多くは、牛や熊と比べてだいぶ体が小さく、素手でも倒しやすい。
大型の魔物になってくると、どうしても素手では威力不足になりがちだから、あまり大きくない魔物のほうがいいというわけだ。

『イノシシって……まさか、母船ボアのことを言ってる？』

『ああ。身体強化なしで殴ってちょうどいい魔物っていうと、あのくらいのはずだ』

『母船ボア』を倒した時には刃物を使ったが、あのくらいなら身体強化なしの素手でも倒せるだろう。

全身で生み出した力を体の一部に集中させるために、若干のコツは必要だが……コツさえ摑めばそう難しくはない。

拳(こぶし)で殴ると自分の体を痛めがちなので、手はあえて開き、掌(てのひら)の付け根あたりで打つのがポイントだな。

刃物がないと魔物を斬(き)るのは難しいので、敵の体内で力を集中させて首の骨を砕くイメージだ。

などと考えていたのだが……。

『……マティ君、さっき人間基準って言ってたよね？』

『ああ。身体強化なしの人間だな』

『マティ君は普通の人間の枠には入らないから、ボク達を基準に決めたほうがいいと思うよ』

俺はその言葉を聞いて、イリスと顔を見合わせる。

アルマはイリスだけではなく、俺まで『倒していい魔物の基準決定会議』から外そうとしているようだ。

『俺は人間だぞ。……そうだよな？』

俺は多数決の味方を探すべく、ルリイにそう尋ねる。

少なくとも身体強化なしの俺は、ほとんど非戦闘員と変わらない力しか持っていないと言っていい。

体格的にも、ギルアスやロイターとは比べものにならないくらい貧弱だしな。

『そうです！　マティ君は人間です！』

やはりルリイは俺の味方だったようだ。

これで多数決は有利……そう考えていたのだが。


『でも『人間が素手で倒せそうな魔物』の基準は、私とアルマが決めたほうがいいと思います』


どうやらルリイも、俺を会議から外すべきだと考えているらしい。

多数決で負けてしまった。


『……分かった。じゃあどんな魔物ならいいと思うんだ？』

『そうですね……オオカミとか、ハイエナとかでしょうか』

『うんうん。素手で倒せるっていったら、そのくらいだよね』


なるほど、イノシシ系よりさらに一回り小さい魔物だな。

……素手で戦う訓練をしたことのない人間がぶっつけ本番で殴り倒せる魔物というと、確かにそのくらいになるだろうか。

もうちょっと強い魔物でもいけるような気がするのだが、まあ安全のほうが大切か。

『一応、試してみる？』

『そうですね！　私達が素手で倒せれば、大丈夫な魔物だって分かりますし！』

どうやらルリイとアルマは、実際に魔物と素手で殴り合ってみるつもりのようだ。

確かに、なんとなくのイメージでやるより、そのほうが正確かもしれないな。

『ちょうど近くにハイエナの魔物がいるな。試してみるか』

『そうしよう！』

俺達はそう言葉を交わして、『受動探知』で見つけた魔物のほうに向かって歩き始めた。

武器があるのに素手で戦うなど、なんだか非常に非効率的なことをしている気分になってくるが……これも現地の『法獣狩り』たちに怪しまれないためなのだから、しっかりやる必要があるな。

それから数分後。

アルマとルリイは物陰でハイエナの魔物……俺達の星では『エイス・ハイエナ』などと呼ばれていたものに近いものの様子を窺っていた。

ここでの名前だと、『母船ハイエナ』といったところだろうか。

魔力の雰囲気からすると、魔力災害ではない自然発生の魔物だな。

『……うーん、魔物と素手で戦うって、あんまりイメージ湧かないね……』

『鋭い牙とか爪もありますし……意外と強いかもしれません』

『なんか、武器を持ってるときのイメージで『ハイエナとかなら弱そう』って思っちゃったかも……』

魔物を見て、ルリイとアルマが尻込みをしている。

まあ、普段は素手で魔物と戦う機会などないから、心配するのも分からないではないが。

素手での戦い方の見本くらいはあったほうがいいかもしれない。


『じゃあ、俺から行ってみよう』


俺はそう言って、近くの木を蹴飛ばす。

すると……母船ハイエナがこちらを向いた。


「ギュアアアァァ！」


独特な鳴き声をあげながら、母船ハイエナが俺に飛びかかる。

俺は普段のくせで身体強化を使ってしまわないようにしながら、その動きを待つ。

すると……母船ハイエナは、俺の体めがけて飛びかかってきた。

俺はそれを避けることはなく、むしろ真正面から踏み込む。

そして、地面を蹴って生み出した力を、全身の動きで掌に集中させ……敵の顎を打ち抜いた。

「ギ……」


敵は断末魔の叫びすら上げられず、吹き飛んでいった。

とはいっても身体強化は使っていないので、打ち上がった高さはせいぜい5メートルほどだ。

衝撃で首が完全に折れているので、即死と考えていいだろう。


『こんな感じだ』

『……うん、分かった』


俺の言葉を聞いて、アルマはなぜか諦めたような顔をしていた。

あまり分かっていなさそうな顔に見えるが、大丈夫だろうか？

『まあ、相手の動きの速さとかはなんとなく分かったから、やってみる！　これ持ってて！』

そう言ってアルマがルリイに棒を渡し、もう1匹のハイエナのほうへと近付いていく。

するとハイエナがアルマに気付き、走っていった。

「ギュアアアァァ！」

突進するハイエナの攻撃を、アルマは軽くかわした。

先ほど、一瞬だけ身体強化を発動しそうな気配があったが……結局使わなかったようだ。

おそらく普段のくせで、とっさに使いそうになってしまったのだろう。

意識しなくても魔法が発動できるのは、鍛錬を積んでいる証だ。

「よっと！」

攻撃をかわしたアルマが、ハイエナの頭に蹴りを入れる。

威力はさほどでもないが……狙いが正確で、隙のない動きだな。

「ギュアアアァァ！」

ハイエナが怒りの声を上げながら何度もアルマに飛びかかるが、アルマは危なげなく攻撃をかわしながら、脚や頭といった場所に蹴りを入れてダメージを蓄積させていく。

身体強化を使っていないので、スピード自体は敵のほうが速いくらいなのだが……アルマが相手の動きを完全に読んで、先回りしているような感じだな。

『なんか……ちょっと遅い？』

『やっぱり、遅く感じるか』

アルマは基本的に遠距離戦闘がメインだが、近付かれることも考慮して、ある程度は近距離戦闘の鍛錬も積んでいる。

もちろん武器を使った鍛錬ではあるが、近距離戦闘に必要な判断力や反応速度は、ある程度身についているのだ。

そして訓練相手は、身体強化を使った俺やルリイだ。

このハイエナとは比べものにならないほどの速さで動くし、動きも複雑だ。

普段からそんな相手と戦闘訓練を行っていれば、このハイエナ程度のスピードは、止まっているようにしか見えないだろう。

まだ敵は倒れていないが、時間の問題だな。

などと考えていると、ちょうど飛びかかってきたハイエナの顎を、アルマの膝蹴り（ひざげり）が撃ち抜いた。

「ギャンッ！」

ハイエナの魔物が少し浮き上がり、地面に倒れた。
よく見ると、首の骨が少しずれている。

膝は人体の中でもかなり硬い骨の出ている部分なので、なにかと威力を出しやすい。
どうやらアルマは、これを狙っていたようだ。

『倒せた！　素手……っていうかほとんど蹴りだったけど、武器なしでも意外と簡単だね』
『ああ。いい戦いだった』

アルマがとどめとばかりに魔物の首を踏み砕くのを見て、俺はそう言って頷（うなず）いた。
これで、ハイエナの魔物は『素手で倒せる魔物』ということが確定した。
素手で戦うための訓練など一度もしたことがないようなアルマでも倒せるのだから、問題ないだろう。

『これと同じやつを、1人1匹ずつ狩って持っていきますか？』

倒れた魔物を見て、ルリイがそう尋ねる。

確かに1人1匹くらいであれば不自然さはないだろうし、資金稼ぎという意味でも効率は悪くない。

だが……これが重要な敵地潜入任務であることを考えると、念には念を入れておきたいところだ。

『……アイクの話だと、新人の法獣狩りはほとんど獲物を捕れないような感じだったはずだ。全員で1匹にしておいたほうが自然じゃないか？』

俺はそう言って周囲を見回すと、自分が狩った母船ハイエナを収納魔法にしまいこんだ。

アルマの分だけ持って帰ればいいというわけだ。

『そ、そこまで慎重にやるの……!?』

『ああ。……とは言っても、同じ場所で魔物が何回も見つかることは多いみたいだから、狩場と買取所を何回か往復するんだ』

『……なんだか、ものすごく無駄なことをしてるような気がするけど……素手で魔物と戦ってたんだし、今更か』

『安全第一でいきましょう……！』

俺達はこうして相談をまとめ、魔物を1匹だけ持って帰ることにした。

素敵魔法のことなどがバレないよう、用心には用心を重ねるというわけだ。

◇

それから少し後。

俺達は何事もなく街へとたどり着き、買取所へとやってきていた。

刃物を持っているんじゃないかと疑われないよう、内臓を取り出すのにはちゃんと尖った石を使った。

「4人で倒したんですか？」

アルマが差し出した魔物を見て、買取係の女性がそう尋ねた。

以前に見た買取では、本当に事務的なやり取りだけだった気がしたのだが……やはり新人は気になるのだろうか。

それか、4人で1匹の魔物を倒したというのが、意外と珍しいのかもしれない。

もしソロが主流だとすれば、俺達もソロで活動すべきだな。

ルリイかアルマに通信魔法を使ってもらえば連絡は取れるので、別々に行動してもなんとかなるだろう。


「4人で頑張って倒したけど……もしかして、一人じゃないとダメだったりとか……？」

「いえ、そんなことはありませんよ。一緒に狩りをできる仲間がいるほうが、生き残りやすいですから」


どうやら4人で問題ないようだ。

そう考えていると、買取係が魔物を穴に放り込む。

わずかに時間をあけて、掲示板には『10・52』と表示された。

「法貨10枚と52ポイントですね！　おめでとうございます！」


そう言って買取係が法貨を10枚手渡し、カードにポイントを書き込む。

とりあえず、４人分の食費……人間として自然な量を食べるための食費にはなりそうだな。

もちろん、イリスがちゃんと食べるとすれば、全然足りないのだろうが。

◇

それから数時間後。

俺達は青いエリアと買取所を５往復し、ハイエナを５匹売って、50法貨ほどの金を手に入れていた。

1法貨は結構価値があるようなので、４人パーティーとしてもそれなりにうまくいったほうだろう。

とはいえ、不自然ではない範囲のはずだ。

『暗くなってきたから、そろそろやめるか』

『母船』にも昼夜はあるらしく、すでに周囲は暗くなり始めている。

これ以上続けると、無謀な初心者達だと思われてしまう可能性も高いだろう。

『暗いと危ないです！　ご飯にしましょう！』

俺の言葉を聞くなり、イリスがそう即答した。

どうやら、早くご飯にしたかったようだ。

『あのキャトルのお店、行ってみたいです！』

そう言ってイリスが、近くにある『母船キャトルのモツ煮込み』と書かれた店を指す。

バルドラ・キャトルが美味しかったので、似たような魔物にも興味を持ったということだろう。

『……ここの食べ物って、食べても大丈夫なのかな？』

『私達には有害だったりしないでしょうか……？』

俺達はしばらくの間、ミョルの家を拠点にする予定だ。

ミョルの家でなら人目を気にしないでいいので、魔法で倒した魔物も食べられる。

だが……この星の食べ物のことも、ある程度は知っておくべきだろう。

食文化には意外とその国固有の事情や歴史が詰まっていたりもするので、食べ物を知ることによって情報を摑(つか)めることもあるのだ。

『まあ、一度試してみるか。毒かどうかは俺が見分けられるから大丈夫だ』

俺はそう言って、イリスが指した店に向かって歩き始めた。

◇

「へいお待ち！　モツ煮込み、1法貨分だ！」

そんな言葉とともに、大きな鍋が俺達の前に置かれた。

鍋の中には、白く色の薄いスープの中で煮込まれた内臓肉が入っている。

1法貨分というのはかなりの量らしく、鍋の中にはみっちりと肉が詰まっていた。

イリスがいなかったら、4人で食べるのは難しいかもしれないな。


『まずは、毒かどうか確認してみよう』


そう言って俺は、肉を少しだけ口に入れる。

すると……なんともいえない臭みと、脂がべったりと張り付くような感じが、口の中に広がった。


煮込み料理だと聞いていたのだが、煮込みに使うスープなどの旨味(うまみ)はまったく感じない。

というか、スープにはほとんど塩すら入っていない。

ただ肉を水でひたすら茹(ゆ)でただけといった感じだ。

これを煮込みと呼ぶのは、煮込み料理への冒瀆(ぼうとく)ではないだろうか。


『……毒では……なさそうだな……食べたければ食べてもいいぞ』

一応、毒ではない。

だが……これを食べたいとは思えなかった。

俺も魔法戦闘師としての修行で、そのへんで捕まえた虫やヘビを食べることがあったが……

この肉に比べたら、焼いたヘビなどは素晴らしいごちそうに感じる。

というか、毒なら解毒すればいいだけ、この煮込みよりマシなくらいかもしれない。


『やった！　いただきます！』


食べてもいいと聞いて、イリスはでかい肉の塊にかじりついた。

そして……なんとも言えない顔をする。

今までに見たことのない表情だが、嬉しそうではないことは確かだな。


『うーん……食べられなくは、ないです……』


そう言ってイリスは、微妙な顔のまま肉の塊を食べ切った。

……今の肉の塊は、300グラム以上あったはずだが……平然と食べ切れるあたりは、やはり人間とドラゴンの違いを感じるな。
おそらく人間が同じことをするのは難しいはずだ。

だがイリスは、そこで手を止めてしまった。
普段なら喜々として次の肉を手に取るはずなのに、なかなか手が動かない。
どうやら、あまり食欲がないようだ。

『どうしよう、あんまり食べる気がなくなってきた……』
『毒じゃないのにイリスが喜ばない料理、初めて見ました……』

イリスの反応を見て、ルリイとアルマは尻込みを始めた。
まあ、当然といえば当然だろう。
俺はともかく、あのイリスが食欲をなくすものが、人間の食べ物だとは思えない。

もしや俺達と『母星』の人間では、味覚が違うのだろうか。
そう考えてあたりを見回すが……よく見てみると、他の客たちも渋い顔で食べたり、嚙まずに飲み込んだりしている。

どうやら『母星』の人々の間でも、この料理はまずいようだ。

『味覚遮断魔法は覚えてるか？』

『あー……そういえば、そんなのあったね……』

『あの魔法が、役立つ日が来るなんて……』

俺達はそう言って、味覚遮断魔法を使いながら煮込みを口に運ぶ。

何の味も感じずに飯を食うのも変な感じだが、これの味を感じながら食べるよりはずっとマシだ。

そこまでして食べるほどか……という気もするが、流石に丸々残して店を出るのも変だしな。

『イリスも、味覚遮断魔法を使うか？』

『……大丈夫です！　元の姿だったときの気持ちを思い出したら、食べられる気がしてきました！』

なるほど、ドラゴンの姿のときの気持ちか。

人の姿になると味覚が人間寄りになるので、この肉は厳しいかもしれないが……確かに生の魔物を、それこそ毛皮ごと噛み砕くようなドラゴンの気持ちを思い出せば、食べられなくはないのかもしれない。


『店選びは失敗だったみたいだが……調査としては意味があったかもしれない』

『この美味しくない肉に、意味があるんですか……？』

『ああ。おそらく調味料が貴重なんだ』


俺は先程の味を思い出しながら、そう告げる。

前世の時代、倒した魔物の食い方が分からず、とりあえず水で適当に煮てみたことがある。

ここまでひどかったかは記憶にない……というか思い出したくもないが、これと似たような味だったのは確かだ。

原因は、何の味もつけていなかったことだ。

少し塩味がつくだけでも、味の印象というのは一気に変わるし、臭みが出がちな魔物肉……特に内臓も、濃い味をつければごまかせる。

それを一切行っていないから、この煮込みはこんなにまずいのだ。

『なるほど……そういえば、塩も専売品だって言ってたっけ？』

『ああ。ここまでケチってるあたりを見ると……かなり手が出ない値段なんだろうな』

などと話していると、見覚えのある男が店に入ってきた。

俺達に法獣狩りとしての基本を教えてくれた、アイクだ。

「おう、マティアス達じゃねえか！　……って、そりゃ母船キャトルの煮込みか⁉」

アイクは俺達の席に来るなり、そう叫んだ。

どうやら、彼もこのメニューを知っているようだ。

「もしかして、どれを選んだらいいのか分からなくて、一番高いのを選んだのか？」

「いや、看板に書いてあったからなんだが……」

彼の言う通り、このメニューは店の中でも最も高かった。

他のメニューはほとんどが十分の一法貨とか二十分の一法貨とかで、お釣りが出ない分は、
またこの店に来た時に使える食券がもらえるという話だったのだ。

とりあえず値段が高い定番メニューを選んでおけば、美味いとは言わないまでも外れはしないと思ったのだが……とんだ大失敗だった。

「残念ながら、そいつは一番のハズレメニューだ。他のやつも美味くはないが、まあ食えないほどじゃねえ。値段は一番高いのにな」

アイクはそう言って、残念そうな顔で鍋を見下ろした。

他の奴は『食えないほどじゃない』……ということは、これは現地住民であるアイクでも食べられないような代物なんだな。

買取所での講習で、飯屋でのメニュー選びについても聞いておくべきだったかもしれない。

などと考えていると……店の奥から声が聞こえた。

「おいおい、ハズレはひどいんじゃないのか！」

どうやら俺達の会話は、店主に聞こえていたようだ。

流石に店の中で看板商品をハズレ扱いしたら、怒られて当然だろう。

そう思っていたのだが……。

「本当のことだろ！」

「違いねえ！」

アイクの言葉に、店主は頷いてしまった。

どうやらこのメニューは、店公認のまずいメニューだったらしい。

「……どうしてこんなメニューが、看板に書いてあるんだ？」

「昔は美味かったんだよ。20年くらい前……調味料や香辛料が専売制になるまではな」

なるほど、調味料とかは全部専売制なのか。

それは確かに、ひどい味になるわけだな。

焼いた料理などは焦げ目をつけて香ばしさで味をごまかせるが、煮込みだとそういったこともできないのが、このメニューのまずさの原因なのかもしれない。

「調味料がちゃんと手に入った頃の煮込みはな、本当に絶品だったんだよ」

悲しげな顔で、アイクがそう呟く。

どうやら思い入れのある料理のようだ。

店主とも顔見知りのようだし、当時からの行きつけの店なのかもしれないな。

「これ、もらっていいか？」

「ああ。食べたければ好きなだけ食べてくれ」

「少しだけもらおうか。……このまま食うわけじゃないけどな」

そう言ってアイクが、ポケットから法貨を10枚取り出した。

そして、アイクは店主に向かってそれを差し出す。

「親父、ちゃんとした調味料を使って、こいつをまともな味にしてくれ」

10法貨というのは、それなりの大金のはずだ。

俺達は今日、初心者としてはかなり稼いだはずだが……それでも1人あたりの稼ぎは、13法貨ほどでしかない。

莫大な額というほどではないが、一食が0．1法貨とか0．05法貨とかの店で出すには、大きすぎる金額だろう。

「いいのか？」

法貨を見て、店主がそう尋ねる。

どうやらこの10法貨は、調味料の値段のようだ。

「ああ。金なんか残してても仕方がねえだろ。どうせ使い切れないさ」

「……分かった。30分ほど待ってくれ」

そう言って店主は、俺達の煮込みを持って、厨房へと戻っていった。

あのひどい味の煮込みを、たった30分でなんとかできるのだろうか。

◇

それから30分ほど後。

俺達の目の前に、茶色っぽく変わった煮込みが置かれた。

色だけ見れば、だいぶまともな料理っぽくはなったな。

「調味料代は俺のおごりだ。本当のこの店の味を、覚えておいてくれ」

「……ありがとう。いただこう」

俺はそう言って、恐る恐る煮込みを口に入れる。

味覚遮断魔法はもう切ったが、いつでも再発動できる構えだ。

だが……その必要はなかった。

この煮込みは、ちゃんと美味しい。

臭みや脂のベタッとした感じは濃い味の裏側に隠れ、ちょうどいいアクセントになっている。

正直なところ、素晴らしく美味いとまでは言えない。エイス王国の王都でやっていけるかはギリギリだろう。

しかし、美味しいかどうかで言えば、間違いなくちゃんと美味しいほうに入るだろう。

使った材料のひどさを考えると、店主の努力をたたえたいところだ。

「……あの素材から、こんな味のものが作れるんだな……」

「ああ。これがこの店……キャトルの煮込み亭の、本来の味なんだ」

なるほど、店の看板にあった料理名は、店名でもあったのか。

そう考えていると、アルマが口を開いた。

「これ、ちょっとだけお酒も入ってる？」

言われてみると、確かに少しだけアルコールを使った形跡があるな。

加熱によってアルコールはほとんど飛んでいる様子だが、香りは残っているようだ。

「鋭いねお嬢ちゃん。料理が得意なのかい？」

「ボクは食べる専門！」

店主の言葉に、アルマがそう即答した。

アルマが料理をしようとすると、なぜか変な魔力制御で爆発事故を起こすので、彼女は自分では料理をしないのだが……同時にこの中で、最も料理に詳しいのもアルマなのだ。

以前はルリイのほうが詳しかったのだが、俺の領地に店を開くために勉強をして、気付いたらやたらと詳しくなっていたらしい。


「塩に、酒に、その他もろもろの香辛料……道理で高いわけだぜ」

「……まあ、全部専売品になっちまったからな。昔は酒だけだったのによ」

「船員区の襲撃、俺も加わるべきだったかもしれねえな」

「やめとけやめとけ。無駄死にするだけだぜ」


どうやら船員区の襲撃は、食事中に交わす冗談にもなるくらい身近な話題のようだ。

まあ、専売制のせいでここまでひどい食事を取ることになれば、それは恨みも募るだろう。


『ご飯が美味しくなくなったのは、船員区って奴らのせいなんですか？』

『……まさか、襲撃するつもりか？』

『ドラゴンの姿でいけば、ワタシだってバレないと思います！』


どうやら襲撃参加者が増えたようだ。

心強い味方だな。

もし本当に襲撃することになれば、『竜の息吹』を撃ち込むのはいい手かもしれない。

俺達がここに来た理由を考えると、可能性がゼロとも言えないだろう。

などと考えていると……アイクが口を開いた。


「しかし、1法貨もする飯を食ってるってことは、狩りはうまくいったんだな？」

「ああ。お陰様でな」


アイクの言葉に、俺はそう言って頷く。

現地の『魔物狩り』が普通どのくらいの成果を出すのか分からなかったので、アイクの指導は本当に役に立った。

どのレベルの魔物を倒せばいいかどうかも、ちゃんと教えてくれたしな。


「俺のアドバイスは守ったか？」

「ああ。初日だから、慎重すぎるくらいに気をつけたぞ」

「……おかしいな。俺が聞いた噂だと、教えた内容は完璧すぎるくらい無視されてたような気がするんだが……」

アイクがそう言って、怪訝(けげん)な顔をする。

……教わった内容を無視した覚えなど一つもないのだが、噂の人違いではないだろう。

「噂？」

「ああ。新人の４人組が、ありえない量の法獣を狩ったって噂だ」

なるほど、そういう噂があったのか。

まあ、街にいる人間の人数を考えると、別に４人組など珍しくもないだろう。

おそらく、他の４人組と勘違いしたんだろうな。

「……多分、別の４人組だと思うぞ」

「教えてもらったことは、一つも破ってないよ！」

俺とアルマが、アイクにそう答える。

せっかくアドバイスに従って、怪しまれないように狩りをしていたのに、見知らぬ４人組のせいで目立つのは困る。

敵地潜入の途中で、変なとばっちりにあうのはごめんだ。

「分かった。今日教えたことを、一つずつおさらいしようか。……守るべき内容は覚えてるか？」

「もちろんだ」

「では最初の質問だ。新人が獲物を探す時には、どういう場所に行けばいい？」

どうやら、今日教わった内容についての試験が始まるようだ。

高い調味料もおごってくれたし、彼はなかなか面倒見がいいのかもしれない。

「訓練場の地図の、青いエリアだ。強い法獣が比較的少ないから、安全に狩りができる」

「正解だ」

簡単な問題だな。

教わったことをそのまま答えるだけだ。

「では第二の質問……法獣を見つけた時、戦うべきかどうかはどうやって判断する？」

「素手で戦って勝てそうかどうかが基準だ。勝てそうなら戦うし、ダメそうなら逃げる」

「正解だ」


これも簡単だ。

なにしろ俺達はこの条件を守るためだけに、素手で魔物と殴り合ったのだ。

そんな条件を、忘れるわけがない。


「両方とも守ったか？」

「ああ。もちろん守った」

「……それで、今日は何を狩った？」

「ハイエナみたいな法獣を5匹狩ったな」

「やっぱりお前らだったか……」


アイクは俺の言葉を聞いて、そう呟いた。

……想像していたのと違う反応だな。

『なんだ、ハイエナ5匹か。じゃあ噂は別の奴らだったんだな』と言われるものだと思っていたのだが。

「確かに数はちょっと多いかもしれないが、1匹見つけたら同じ場所に行くといいって言ってたよな？　あのアドバイスのお陰で……」

「待ってくれ。問題はそこじゃない。5匹は確かに多いが、そこじゃない」

そう言ってアイクは、首を横に振る。

では、何が問題なのだろうか。

「お前らが買取所に持ち込んだのは、『母船ハイエナ』っていう法獣だ。……素手で倒せる魔物か？」

……どうやら名前は『母船ハイエナ』で合っていたみたいだな。

素手で倒せる魔物かどうかは、ちゃんと確認済みだ。

「ああ。実際に倒せるかも試したぞ」

「……素手で？」

「素手っていうか、蹴りで倒した感じだけどね！」

「もしかして、蹴りじゃなくて拳で倒さないとダメだったのか？」

俺の言葉を聞いて、アイクが納得したように頷く。

……やはり蹴りはダメだったのだろうか。

「まあ、そんな気はしたよ。歩き方からして素人じゃないもんなぁ……しかし、母船ハイエナを素手かぁ……」

「……いや、俺達はちょっと練習をしただけで……」

「ごまかしても仕方ないぞ。母船ハイエナは本来、熟練の『法獣狩り』が棒を持って、６人がかりで戦うような相手だ。一生かかっても買えないような値段の、長い剣や槍を持ってるなら別だけどな」


そういうものなのだろうか？

身体強化なしで蹴り倒せる相手なのだから、棒を持てば楽勝だと思うのだが。

そう考えていると、アイクが口を開いた。

「それと……講習の時にも思ってたんだが、実はマティアスが一番強いんじゃないか？」

言い当てられてしまった。

いや、相手や状況次第では俺が一番強いとは限らないが、1対1での戦いなら俺が勝つのは確かだ。

「どうしてそう思うんだ？」

「雰囲気が違うんだよ。確かに動きは一番素人臭いんだが、俺のカンはこいつが一番強いって言ってる」

……ただのカンか。

動きはちゃんと雑にしているし、街の中では常に初心者のふりを維持しているつもりなのだが……カンで当てられてしまっては仕方がないな。

「力を隠しても仕方がないと思うぞ。見る奴が見れば分かるさ」

正直なところ、彼の意見は正しい面もある。

歩き方を見るだけでも、分かる者には強さが分かってしまう。

たとえ狩りの成果をごまかしたとしても、街にいる沢山の人々のうち何人かには、力を隠しているのが分かってしまうだろう。

とはいえ、バレるのを遅らせられる効果はある。

目立ちにくくなるのは確かだしな。

「いや、隠してはいないんだが……」

「……なんかワケアリみたいだな。まあ放棄地区では、ワケアリなんて珍しくもないさ。ミョル……ちょっと前までの区長だって、なんか理由があって船員区から降りてきたって話だしな」

ミョルのことも知っているのか。

それともミョルの事情は、有名な話なのだろうか。

ちょっととぼけてみるか。

「ミョルさんは、今は区長じゃないのか？」

「ああ。二度と会えないと思ってたんだが、よく帰って……いや生きてたな」

今、言い直したな。

まるでミョルがどこか遠い場所に行って戻ってきたのを知っていて、それを隠したみたいな言い方だ。

……先程はミョルを呼び捨てにしていたし、もしや彼はミョルが俺達の星に来るのを手助けした、協力者だったのではないだろうか。


だとすれば、確かに彼にはある程度情報を話してもいいかもしれない。

この『母船』――もはや一つの星と呼んでもいいような代物を敵に回すとなると、現地の協力者が必要になるのはまず間違いないだろう。

ミョルの協力者は、適任かもしれない。


とはいえ、彼が本当にミョルの協力者なのかは確認する必要があるな。

本当にただの言い間違いという可能性も、まだ否定はできない。


「今、帰ってきたって言いかけたみたいだが……」

「ああ、ちょっとした噂だよ。区長はなんか病気にかかって、それを直せる地区に治療を受けに行くって噂があったんだ」

……なんだか、その場で作ったような感じの言い訳だな。

とはいえ本当の事情を知っているのだとすれば、自分から言い出すことができないのは分かる。

というか、そこでミョルの本当の事情を話してしまう人間だとすれば、協力者だとしても信用はできないしな。


そう考えつつ俺は、懐から1枚の紙を取り出した。

紙には転写魔法によって、ちょっとした絵が描かれている。

何も知らない人間が見れば、ただの落書きにしか見えないだろう。

だが、ミョルの法力宇宙船を知っている者が見れば、すぐにこの絵が宇宙船のものだと気付くだろう。


「……その絵は、マティアスが描いたのか？」

「ああ。何の絵だか分かるか？」

「分からないはずがないさ。俺だって鋳造に関わったんだ」


やはり協力者だったか。

これが鋳造で作られた品だと知っているあたり、ハッタリで言っている訳ではなさそうだな。

そう考えていると、アイクが口を開く。

「俺はこいつに関わった人間の顔は全部知ってる。知ってるつもりだった。だが……その中にマティアスは含まれていない。なぜだ？」

「なぜだと思う？」

「……場所を変えようか。ついてきてくれ」

そう言ってアイクが席を立つ。

いつの間にか煮込みは全部なくなっていた。

……どうやら潜入初日にも関わらず、ずいぶんと話が動き始めたようだ。

◇

それから数分後。

俺達はアイクの後ろをついて、街の中を歩いていた。

だが……向かう方向が、なんだか見覚えがある。

「もしかして、ミョルの家に行くつもりか？」

「ああ。一番話しやすいだろう？」


確かにそうだな。

あの宇宙船の話をするなら、ミョルの家よりいい場所はないだろう。


だが……先ほどから気になっている事がある。

それは、アイクの魔力のことだ。


この『母星』には魔力がある人間とない人間がいるが、アイクはあるほうの人間だ。

しかし、彼の魔力の状態は、どことなくバランスを欠いているように見える。

魔力の多さに対して制御が追いついていないせいで、魔力が何の役にも立っていないどころか、魔力で妙な暴れ方をしているような気がするのだ。


講習を受けたときから、こういった雰囲気はあった。

当時はまだ『母星』の人々をあまり見慣れていなかったので、変な魔力もミョ族の特性くらいにしか思っていなかったが、街を歩きながら他の人々の魔力を見るうちに、そうではないと気付いた。

アイクの魔力は、ミヨ族の中でも異常だ。

『ねえ、アイクの魔力……なんか変じゃない？』

『『母星』の人だから、魔力も違うんじゃないでしょうか？』

どうやらルリイとアルマも、彼の異常に気がついたようだな。

それも当然だろう。

彼の体内魔力は、俺達の星の人間ならとっくに歩けなくなっているようなレベルなのだから。

それでも平然と歩いているあたり、やはり『母星』の人間は俺達の星の人間とは造りが違うのだろうか。

そう考えていると……突然、アイクが前のめりに倒れ込んだ。

「大丈夫か⁉」

俺は彼の魔力を見ながら、そう尋ねる。

すると……アイクは苦しげに口を開いた。


「クソ、もう時間か……」

「時間？」

「ああ。『無法力病』の末期症状だ。薄々察してはいたが……まあ寿命みたいなもんだな」


……なるほど。

『無法力病』の人間は寿命が短いと聞いていたが……これが原因だったのか。

魔法が知られていない場所だと、そう思うのも無理はないかもしれないな。

そう考えながら俺は、アイクの体内の魔力を操作し、流れを整えてやる。

すると、彼の顔が楽になった。


「立てるか？」

「……無理だよ。無法力病は一度症状が出始めたら……あれ？　立てた」

立ち上がったアイクが、怪訝な顔で自分の膝を見つめる。
自分の動きが信じられないといった顔だ。
「それと……なんだか体調がいいんだ。無法力病を発症する前みたいな感じがする」
どうやらアイクは、以前から体調が悪かったようだな。
まあ、あんな魔力の状態では無理もないか。
『ねえ、これって……』
『ああ。これは『無法力病』なんかじゃない。……ただの『魔力熱』だ』

あとがき

はじめましての人ははじめまして。前巻や他シリーズ、漫画版などからの方はこんにちは。

進行諸島です。

このシリーズももう19巻です。次はいよいよ大台の20巻です！


アニメや漫画から来られた方もいらっしゃると思うので、一応シリーズの説明です。

最近だとアニメは配信で後から見られる方もいらっしゃるということなので、油断はできませんからね。


本シリーズは強さを求めて転生した主人公が、技術の衰退した世界の常識を破壊しつくしながら無双するシリーズとなっております。

それはもう、圧倒的に無双します！

1巻からこの19巻まで、そこは一切変わっておりません。

もちろんアニメにあった部分も、展開の都合上カットになった部分なども細かく書いていたりもするので、気になっていただけた方はぜひ手に取って頂ければと思います。

さて、19巻では宇宙に進出して『宇宙の魔物』との戦い……のはずなんですが、なんだか様子がおかしいようです。

宇宙が舞台のはずなのに、なぜか主人公たちは魔物（『母星』の中では『法獣』と呼ばれているようです）を狩ったり、狩った魔物をギルド……ではなく法獣買取所に持ち込んで驚かれたりしています。

一体何があったというのでしょうか。

その謎を探るため、19巻の後書きを抜粋（ばっすい）したいと思います。

とはいえ、これは剣と魔法のファンタジーです。急にＳＦになってしまったりはしませんし、主人公無双の路線が変わることもありません。

ぜひ安心して楽しんでいただければと思います。

はい。そういうことです。

舞台が宇宙になってもこの作品の路線は変わりませんでしたし、これからも変わりません。

ずっとこの路線ですので、安心してお読みいただければと思います。

というわけで、謝辞に入りたいと思います。

今も続く膨大な量の監修の中、多方面でサポートをしてくださった担当編集の皆様。

そしてアニメ化に尽力して下さった、ライツ部の皆様。

素晴らしい挿絵を描いてくださった風花風花様。

漫画版を描いて下さっている、肝匠先生、馮昊先生。

アニメ版に関わってくださった、アニメスタッフの方々。

それ以外の立場から、この本に関わってくださっている全ての方々。

この本を出すことができるのは、皆様のおかげです。ありがとうございます。

20巻も今まで以上に面白いものをお送りすべく鋭意製作中ですので、楽しみにお待ち下さい！


最後に宣伝を。

『失格紋』コミック27巻が発売中です！

興味を持っていただけた方は、ぜひコミック版のほうもよろしくお願いいたします！

それでは、次巻でも皆様とお会いできることを祈りつつ、あとがきとさせていただきます。

進行諸島

失格紋の最強賢者19
～世界最強の賢者が更に強くなるために転生しました～

2024年7月31日　初版第一刷発行

著者　進行諸島

発行者　出井貴完

発行所　SBクリエイティブ株式会社
〒105-0001　東京都港区虎ノ門2-2-1

装丁　AFTERGLOW

印刷・製本　中央精版印刷株式会社

ISBN978-4-8156-2589-4
Printed in Japan

ファンレター、作品のご感想をお待ちしております。

〒105-0001　東京都港区虎ノ門2-2-1
SBクリエイティブ株式会社
GA文庫編集部 気付

「進行諸島先生」係
「風花風花先生」係

本書に関するご意見・ご感想は
下のQRコードよりお寄せください。
※アクセスの際に発生する通信費等はご負担ください。

https://ga.sbcr.jp/

異世界転生×賢者＝無双!?
「小説家になろう」で大人気！
「失格紋の最強賢者」ペアが贈る、
もう一つの異世界最強譚！

最強のさらにその先を目指す、
戦う魔法使いの物語！
大ヒットファンタジーを
進行諸島先生×
風花風花先生の
殲滅魔導の
最強賢者
無才の賢者、魔導を極め最強へ至る
原作：進行諸島（GA ノベル／SB クリエイティブ刊）
キャラクター原案：風花風花
漫画：月澪＆彭傑（Friendly Land）
(c) Shinkoshoto / SB Creative Corp.Original Character Designs: (c) Huuka Kazabana / SB Creative Corp.

コミカライズ！
マンガUP！にて
大好評連載中！
最強を目指す、
戦う魔法使いの物語！
失格紋の
最強賢者
～世界最強の賢者が更に強くなるために転生しました～
原作：進行諸島（GAノベル／SBクリエイティブ刊）
キャラクター原案：風花風花
漫画：肝匠＆馮昊（Friendly Land）

試読版は
こちら!

神の使いでのんびり異世界旅行３

～最強の体でスローライフ。魔法を楽しんで自由に生きていく！～

著：和宮玄　画：ox

港町・ネメシリアに別れを告げ、旅立ったトウヤたち。神の使いとして次に目指すのは北方の迷宮都市・ダンジョール。険しい山道の途中、一行はＳ級冒険者パーティ『飛竜』と遭遇する。しかも、旅の仲間であるカトラとは何やら面識があるようで……？

そして、山を越え眼前に広がるのは一面の銀世界！

雪山の麓に所狭しと並ぶレンガ造りの家々と巨大な冒険者ギルド。この街の名物は未知なる魔物や宝が眠る【ダンジョン】。

まだ見ぬ出会いを求め、トウヤたちも探索に乗り出すのだが……のんびり気ままな異世界旅行、雪降る迷宮都市・ダンジョール編！

試読版は
こちら!

試読版は
こちら！